KEINE VERSPRECHEN

EINE BAD BOY MILLIARDÄR LIEBESROMAN

MICHELLE L.

INHALT

1. kapitel 1	1
2. Kapitel 2	13
3. Kapitel 3	20
4. Kapitel 4	29
5. Kapitel 5	35
6. Kapitel 6	43
7. Kapitel 7	49
8. Kapitel 8	57
9. Kapitel 9	66
10. Kapitel 10	73
11. Kapitel 11	84
12. Kapitel 12	95
13. Kapitel 13	99
14. Kapitel 14	108
15. Kapitel 15	112
16. Kapitel 16	120
17. Kapitel 17	129
18. Kapitel 18	141
19. Kapitel 19	145
20. Kapitel 20	151
21. Kapitel 21	158
22. Kapitel 22	164
23. Kapitel 23	171
24. Kapitel 24	176
25. Kapitel 25	182
26. Kapitel 26	189
27. Kapitel 27	196
28. Kapitel 28	199
29. Kapitel 29	206
30. Kapitel 30	212

Veröffentlicht in Deutschland:

Von: Michelle L

© Copyright 2020 – Michelle L

ISBN: 978-1-64808-248-1

ALLE RECHTE VORBEHALTEN. Kein Teil dieser Publikation darf ohne der ausdrücklichen schriftlichen, datierten und unterzeichneten Genehmigung des Autors in irgendeiner Form, elektronisch oder mechanisch, einschließlich Fotokopien, Aufzeichnungen oder durch Informationsspeicherungen oder Wiederherstellungssysteme reproduziert oder übertragen werden. storage or retrieval system without express written, dated and signed permission from the author

❀ Erstellt mit Vellum

Anoushka. Selbst ihr Name schickt heiße Erregung durch meinen Körper ...

Ich will sie, also bekomme ich sie auch, richtig? Dieses Mal nicht. Dieses Mal muss ich mir die Liebe und das Vertrauen dieser hinreißenden Frau verdienen, bevor sie einwilligt, Zeit mit mir zu verbringen und einen Platz in meinem Leben und meinem Bett zu haben.
Die Dinge, die ich mit ihrem üppigen Körper tun will ... Ich werde mich für sie ändern.
Ich werde das Verbrechersyndikat meines Vaters verlassen und das schreckliche Geheimnis, vor dem Noosh sich versteckt, aufdecken ...
Noosh ist meine Zukunft ... Ich muss nur dafür sorgen, dass wir beide die Gegenwart überleben ...

KAPITEL 1

Long Island, New York

Christofalo Montecito starrte seinen Vater erstaunt an. Er konnte Christos Nachrichten unmöglich so gelassen aufnehmen. Nein, auf keinen Fall. „Dad, verstehst du, was ich dir sage?"

Fogliano Montecito sah seinen Sohn mit den gleichen leuchtend grünen Augen an, die er seinem einzigen Nachkommen vererbt hatte. „Christo, sehe ich aus wie ein Idiot? Du willst aus meinem Unternehmen aussteigen, das ist der Kern der Sache, richtig?"

Christo zögerte. „Richtig. Hör zu, Dad, es ist nicht so, als hätte ich das nicht schon öfter erwähnt, und ich bin jetzt fast vierzig. Es ist Zeit. Ich habe dir die letzten siebzehn Jahre geopfert, mein ganzes Leben seit dem Studium."

„Ein Studium, das dir mein Unternehmen finanziert hat."

Nicht schon wieder. „Ja, Dad, und ich bin dankbar dafür, verstehe mich nicht falsch. Aber ich muss meinen eigenen Weg gehen ... und mit gewissen Aspekten des Familienunternehmens bin ich nicht einverstanden."

Fogliano hob die Hände. „Genug. Christo, du musst tun, was du für richtig und angemessen hältst." Er seufzte, stand von seinem Schreibtisch auf und klopfte seinem Sohn auf den Rücken. „Du wirst heute Abend trotzdem zum Essen kommen, oder?"

Christo, der immer noch verblüfft war, nickte. „Natürlich, Dad."

„Gut. Jetzt muss ich mich wieder an die Arbeit machen. Du findest selbst nach draußen, nicht wahr?"

„Sicher. Bis später."

CHRISTO NICKTE MANDY, der persönlichen Assistentin seines Vaters, zu, die ihn unverhohlen anschmachtete. Christo versuchte, die Augen nicht zu verdrehen, und schenkte ihr stattdessen ein höfliches Lächeln. Mit seinen achtunddreißig Jahren verdrehte Christofalo Montecito mithilfe der italienischen Gene seines Vaters und seines verheerenden Charmes seit mehreren Dekaden den Frauen die Köpfe. Wilde dunkle Locken, lange Beine und ein zum Sterben schöner Körper bedeuteten, dass Christo jede Frau bekam, die er wollte. Und er nutzte diesen Umstand hemmungslos aus.

In letzter Zeit jedoch war der ständige Strom williger Frauen ermüdend. Wo war die Herausforderung, wo war der Kampf? Christo hatte genug von seinem Lebensstil. Er war unvorstellbar reich und sehnte sich nach einem einfacheren Leben mit einer festen Partnerin, die ihn herausforderte und sich nicht von dem schlechten Ruf seiner Familie abschrecken ließ.

Die Montecitos waren in New York als eines der größten Familienunternehmen bekannt – und ihre Branche war die organisierte Kriminalität. Korruption, Drogen, Auftragsmorde –

Keine Versprechen

Fogliano Montecito wurde von allen, auch von seinem eigenen Sohn, gefürchtet. Christo hatte seine Mutter an Foglianos Hingabe an sein Unternehmen verloren. Ornella Montecito war vom Dach der achtzehn Millionen Dollar teuren Villa der Familie in Sands Point auf Long Island in den Tod gesprungen, als Christo sieben Jahre alt war. Ihr einziger Sohn war verwirrt und gebrochen zurückgeblieben. Christo war danach ein Experte darin geworden, seine Gefühle zu verbergen, und nachdem er als einer der Jahrgangsbesten sein Jurastudium in Harvard abgeschlossen hatte, hatte er sich seinem Schicksal gefügt und mit der Arbeit für seinen Vater begonnen.

Im Lauf der Jahre hatte Christo sich eingeredet, dass zumindest er selbst auf der richtigen Seite des Gesetzes stand und nie selbst etwas anordnete, das technisch gesehen illegal war ... aber mit Ende dreißig ließ ihn sein Gewissen nicht mehr zur Ruhe kommen.

Und da war noch etwas anderes. Christo hatte, wie einst seine Mutter, die Seele eines Künstlers und je länger er Jura praktizierte, desto mehr verblasste diese Seite von ihm – und damit seine Verbindung zu seiner Mutter. In den letzten Jahren hatte er ein Doppelleben geführt, aber nun wollte er nur noch dieses *andere* Leben führen. Daher das Gespräch mit seinem Vater heute Morgen.

Christo nahm den gläsernen Aufzug vom obersten Stockwerk des Gebäudes seines Vaters in die Tiefgarage und stieg dann in seinen Mercedes. Er seufzte tief und wählte die Nummer seines besten Freundes.

Bertie Franklin-Hart ging beim ersten Klingeln ran. „Hey, Alter, wie ist es gelaufen?"

„Es lief ... gut." Christo wusste, dass Bertie die Verblüffung in seiner Stimme hören konnte, als dieser ungläubig schwieg.

„*Gut?*", fragte er schließlich. Christos Mund verzog sich zu einem Lächeln.

„Ja. Kannst du das glauben?"

Bertie atmete tief durch. „Nun, nein, ehrlich gesagt nicht. Was führt er im Schild?"

Bertie, der Christos Zimmergenosse in Harvard gewesen war, hielt nichts von Christos Vater und seinen Machenschaften und war der Einzige von Christos Freunden, der ihm das auch offen sagte. Bertie stammte von einer der ältesten und reichsten Familien des Landes ab, deren Vermögen auf die Zeit der Unterzeichnung der Unabhängigkeitserklärung zurückging. Niemand wagte es, sich den Franklin-Harts in den Weg zu stellen. *Niemand.*

Bertie seufzte. „Nun, das freut mich für dich. Nimm Fogliano beim Wort, aber vertraue ihm nicht."

„Ich weiß. Aber es ist ein erster Schritt."

„Ich kenne dich, Christo. Du hast deine Freiheit in Reichweite und wirst sie voll auskosten. Das liebe ich an dir, aber als dein bester Freund ... nun ... ich bin immer auf deiner Seite."

„Und du glaubst, dass es zu gut ist, um wahr zu sein." Christos Lächeln verblasste, weil er wusste, dass Bertie recht hatte. Fogliano war niemand, dem man ohne Konsequenzen den Rücken kehrte, nicht einmal sein eigener Sohn.

„Ganz genau, aber mach trotzdem das Beste daraus."

Christo dachte über seine Worte nach. „Okay. Hör zu, das Dinner heute Abend ..."

„Ich werde da sein. Ich nehme nicht an, dass es dort schöne Frauen gibt, die uns ablenken könnten, oder vielleicht doch?"

Christo lachte. „Nein, es ist eine von Dads Businesspartys mit seinen Geschäftspartnern. Aber danach ... Drinks im *La Forge*?"

„Einverstanden."

New York City

. . .

ANOUSHKA ‚NOOSH' TAYLOR rutschte nervös auf ihrem Stuhl herum, während ihre Chefin Allison ihren Entwurf durchlas. Ja, es war ihre erste große Geschichte und ziemlich gewagt – sogar für eine Late-Night-Radio-Talkshow, die dafür bekannt war, schwierige Themen anzugehen – aber Noosh wusste, dass Ally sich dafür entscheiden würde. Es war die Art von Geschichte, auf der Allison Monroe ihren eindrucksvollen Ruf aufgebaut hatte: ein Blick in die BDSM-Clubs der New Yorker Subkultur. Noosh hatte Monate damit verbracht, zu recherchieren und mit Leuten zu sprechen, die in den Clubs arbeiteten, und jetzt hatte sie ein fünfzehnminütiges Segment für die Show zusammengestellt – ihre erste Chance, auf Sendung zu gehen.

Noosh war vor einem Jahr von London nach New York gekommen, direkt aus einem Doktorandenprogramm für kreatives Schreiben, und es war ihr gelungen, eine ehrliche und freundschaftliche Arbeitsbeziehung zu einem der größten Radiostars von New York aufzubauen.

Allison Monroe war bekannt für ihre anspruchsvollen Methoden, ihren messerscharfen Intellekt und die Fähigkeit, ihren Gesprächspartnern ihre natürliche Wärme und Lebhaftigkeit zu vermitteln. Sie legte den Entwurf weg und sah Noosh über ihre Brille hinweg an. Nooshs Herz hämmerte hart gegen ihre Rippen. Sie konnte den Gesichtsausdruck ihrer Chefin nicht deuten.

Allison musterte ihre junge Freundin einen Moment. Dann nahm sie ihre Brille ab und legte sie vorsichtig auf ihren Schreibtisch. „Noosh ... wie alt bist du noch einmal?"

Noosh spürte, wie ihr Gesicht rot wurde. „Vierundzwanzig."

„Und ich gehe davon aus, dass du keine Jungfrau mehr bist."

Die Röte vertiefte sich. „Nein."

Allison seufzte. „Süße, auch wenn dieser Entwurf gut

geschrieben, sauber recherchiert und voller guter Absichten ist, klingt er so, als wäre er von einer Jungfrau verfasst worden."

Noosh spürte, wie sich ein Knoten in ihrer Brust festsetzte. „Oh."

Allison lächelte sie freundlich an. „Ich will nicht unhöflich sein, aber du stellst diese Welt als eine Art jenseitige Erfahrung dar, womit gewöhnliche Menschen nichts anfangen können. Die Leute, die du interviewt hast – Prostituierte, Türsteher, Clubbesitzer ... was ist mit den Gästen? Und ich habe noch eine wichtige Frage."

„Welche?" Noosh versuchte zu verhindern, dass ihre Stimme vor Verzweiflung krächzte, aber sie scheiterte, und Allison stand auf und setzte sich vor ihr auf den Schreibtisch.

„Noosh ... bist du überhaupt in die Clubs gegangen?"

„Ja, natürlich", sagte Noosh trotzig. *Schmoll nicht, du bist kein Teenager.*

Allison lächelte. „Ich meine nachts als Gast?"

Noosh war entsetzt. „Nein, natürlich nicht."

„Siehst du? Wie um alles in der Welt willst du unsere Zuhörer davon überzeugen, dass du Expertin auf diesem Gebiet bist, wenn du keine eigene Erfahrung mit den Clubs hast? Und Noosh, nur damit du es weißt, BDSM ist kein schmutziges, kleines Geheimnis mehr. Wenn man Sicherheitsvorkehrungen trifft, kann es eine aufregende Erfahrung sein, sofern man auf so etwas steht." Sie setzte sich wieder hinter ihren Schreibtisch. „Ich sage nicht, dass du rausgehen und mit einem Haufen Männer ins Bett gehen oder dich von ihnen schlagen lassen musst. Ich sage nur, dass du hingehen, dich an die Bar setzen, etwas trinken und beobachten solltest, was dort passiert. Beobachte die Interaktionen zwischen den Menschen und sprich mit ihnen. Aber erzähle ihnen um Himmels willen nicht, dass du Journalistin bist. Tu eine Nacht lang so, als wärst du ebenfalls ein Gast. Auf dich könnte so manche Überraschung warten."

Nooshs Gesicht brannte. „Also ..."

„Also ... arbeite weiter daran. Es ist vielversprechend, aber man kann noch mehr daraus machen." Allison gab Noosh den Entwurf zurück. „Das wird schon. Ich denke nur, dass du alles geben musst. Ich glaube, du könntest ein aufsteigender Stern am Journalistenhimmel sein. Und ich möchte, dass dein Debüt so perfekt wird, wie es nur sein kann."

NOOSH DACHTE IMMER NOCH über Allisons Worte nach, als sie mit der U-Bahn nach Hause zu ihrem Studio-Apartment in Queens fuhr. Die U-Bahn war überfüllt und als sie die Wohnungstür öffnete und ihre Tasche auf den Boden fallen ließ, war Noosh erschöpft. Sie kam aus London, also war sie an den stressigen öffentlichen Nahverkehr dort gewöhnt. Es war nicht die Bahnfahrt an sich, die sie störte, sondern die Menschenmassen. *Warum bist du dann in eine der größten Städte der Welt gezogen?*
Um zu verschwinden ...

Noosh schob den Gedanken beiseite und zog ihre Kleider aus. Sie dankte Gott, dass sie kein Kostüm bei der Arbeit tragen musste und ihre übliche Kombination aus Jeans, T-Shirt und Chuck Taylors als Bürokleidung akzeptiert wurde. Sie besaß nichts, was man als formelle Kleidung bezeichnen konnte, außer dem rubinroten Kleid, das sie bei ihrer Abschlussfeier getragen hatte. Sie liebte dieses Kleid. Es war ein Geschenk ihrer Eltern gewesen, die sie während ihres Studiums liebevoll unterstützt, sie angespornt und ihr Geld zusammengekratzt hatten, um das Designer-Kleid für sie zu kaufen. Noosh hatte gearbeitet und ihren Abschluss mit Studentendarlehen und Zuschüssen finanziert – ihre Eltern hätten es sich niemals leisten können, ihre Uni-Gebühren selbst zu bezahlen.

Noosh war in eine Arbeiterfamilie hineingeboren worden. Sie war dort aufgewachsen, ohne etwas anderes zu wollen als das Essen, das ihre Eltern auf den Tisch brachten, und die Liebe, die sie teilten. Sie wohnten in einem bescheidenen, zweistöckigen Haus am Stadtrand. Ihre Eltern waren beide Bankangestellte und sorgten dafür, dass es Noosh selbst ohne die materiellen Dinge, die einige ihrer Klassenkameraden hatten, an nichts fehlte.

Ihnen war es zu verdanken, dass sie mit einer starken Arbeitsmoral aufgewachsen war, und ihr Stolz auf ihre Tochter kannte keine Grenzen, als sie ihren Abschluss an einer der renommiertesten Universitäten Londons absolvierte.

Dann war alles zusammengebrochen. Noosh war von einem mächtigen Mann ins Visier genommen worden, der sie zu seinem Besitz machen wollte – ob sie das wollte oder nicht. Es hatte sie fast zerstört. Jetzt konnte sie es kaum ertragen, seinen Namen auch nur zu denken.

Noosh trat in die Dusche, drehte das heiße Wasser auf und genoss das Gefühl, wie es ihre müde Haut belebte. Ihr ganzes Leben bestand nun aus Arbeit. Vielleicht hatte Allison recht – vielleicht sollte sie ausgehen und ein bisschen mehr von dem erleben, was diese wunderschöne, pulsierende Stadt zu bieten hatte.

Ihr Abendessen war eine Schüssel Müsli. Danach schlief sie auf der Couch ein, ohne sich darum zu kümmern, eine Decke über sich zu ziehen. Es war früher Herbst in New York und an manchen Tagen immer noch schwül. Noosh drehte sich unbehaglich im Schlaf, bis sie um drei Uhr morgens erwachte und sich kerzengerade aufsetzte. Der dünne Vorhang an ihrem Fenster wogte ins Zimmer. Sie hatte das Fenster offengelassen. Gott, das hatte sie nie wieder gemacht ... *nie*. Nicht seit ...

Noosh huschte zum Fenster und knallte es zu, ohne daran zu denken, wie spät es war. Sie schickte eine stille Entschuldigung an ihre Nachbarn. Wenn ihr Studio-Apartment nur nicht im Erdgeschoss gewesen wäre, aber die Miete war perfekt für ihr Budget und sie konnte nicht wählerisch sein. Die Hitze in der Wohnung ohne Klimaanlage war kein hoher Preis für ihre Sicherheit.

Als sie ins Bett ging, stellte sie fest, dass sie nicht schlafen konnte. Sie versuchte zu lesen, aber um vier Uhr gab sie auf und putzte die Wohnung – wieder einmal. Sie nannte es ihre ‚Monica-Zeit' nach dem Charakter aus *Friends* – Putzen entspannte sie und gab ihr Zeit zum Nachdenken, um ihr Leben ein wenig besser zu ordnen.

Sie dachte an das zurück, was Allison gesagt hatte. Sie sollte einen dieser Clubs besuchen. Der Gedanke erschreckte und erregte sie zugleich. *Nächste Woche*, sagte sie sich. *Nächste Woche werde ich ausgehen und herausfinden, wie es dort ist.* Sie stieß den Atem aus. Ja, es würde eine Woche dauern, genug Mut zu sammeln, aber sie war entschlossen, es zu tun. Als die Stadt langsam erwachte, fielen ihr endlich die Augen zu und sie schlief bis zum frühen Vormittag.

Senator Destry Papps stand immer um 5 Uhr morgens auf und begann seinen Tag. Auf einen 10-Kilometer-Lauf folgte eine Dusche, dann ein Frühstück mit Haferflocken und einem Proteinshake, und um 7:30 Uhr war er in seinem Büro. Es war seine Routine seit mindestens zehn Jahren, seit er in ein Stadthaus in Georgetown gezogen war, einen Block von seinem Büro entfernt.

Mit seinen dreiundfünfzig Jahren hatte der aus New York stammende Destry sein ganzes Leben in der Politik verbracht. Er war in die Fußstapfen seines Vaters getreten, mit achtunddreißig Jahren Senator geworden und nun seit fast zwei Jahrzehnten im Amt. Er hatte seinen Aufstieg in der Partei sorgfältig geplant und nun näherte er sich endlich seinem großen Ziel.

Es gab nichts, was Destry mehr wollte, als Präsident der Vereinigten Staaten zu werden, und in den letzten paar Jahren hatte er alles aus dem Weg geschafft, was ihn davon abhalten könnte, dies zu erreichen. Leute, die zu viel wussten, wurden mit Geld oder Positionen in seinem Kabinett zum Schweigen verpflichtet. Seine Geliebten, von denen es viele gab, waren überprüft worden und sogar seine Ex-Frau Telly war mit einer großzügigen Summe dazu gebracht worden, ihre schmutzige Wäsche privat zu halten. Destry hatte keinen Zweifel daran, dass Telly eines Tages mehr von ihm fordern würde, aber das war in Ordnung für ihn, solange sie den Mund hielt.

Er betrachtete sich im Spiegel. Er war groß, stattlich und hatte dunkles Haar, das an den Schläfen mit silbernen Strähnen durchzogen war. Destry wusste, dass sein attraktives Gesicht sein Ticket war, um zu bekommen, was er wollte, und hatte es immer eingesetzt. Sein patentierter Charme wirkte bei seinem Wahlpublikum genauso wie bei seinen Affären.

Es gab nur einen Teil seines Lebens – einen privaten Teil – über den er mit Wut und Groll nachdachte. Die Zeit in London, als er *sie* gesehen und seine ganze Welt sich verändert hatte. Dieses dunkle, dichte, wellige Haar, diese großen schokoladenbraunen Augen, dieser volle Mund. Destry Papps hatte Anoushka Taylor mit der Subtilität einer Abrissbirne umworben und selbst seine engsten Berater hatten Angst vor seiner Leidenschaft für das Mädchen gehabt. Sie war dreißig Jahre jünger als der Senator, Studentin und ein unbekanntes Risiko.

Was allein Destry wusste, war, dass Anoushka – seine Noosh – zuerst seinen Reizen widerstanden und Zweifel an einer Beziehung geäußert hatte. Zumindest hatte sie das getan, bis er sie von sich überzeugte, zuerst mit Liebesbekundungen und Versprechen, dass er alles für sie aufgeben würde, und dann, als

Keine Versprechen

sie Anzeichen von Unabhängigkeit von ihm zeigte, auf eine ganz andere Art, die nichts mit Liebe zu tun hatte.

Sie war ihm schließlich entkommen und ganz aus London verschwunden. Er hatte sie jedoch in einem Cottage im Norden Englands aufgespürt und sichergestellt, dass sie wusste, wie wütend er auf sie war.

Er dachte daran, wie sie bei seiner Wut zusammengezuckt war, und lächelte. Er spürte immer noch ihre Haut unter seinen Fingerspitzen und ihren Mund auf seinem, während er sie nahm. Er hatte ihr gesagt: „Wenn du mich jemals wieder verlässt, bringe ich dich um." Und er hatte es auch so gemeint.

Dann hatte Noosh das Undenkbare getan und versucht, Selbstmord zu begehen. Ihre Eltern, diese scheinbar schwachen Narren, hatten sie mitten in der Nacht aus dem Krankenhaus geholt und Noosh war verschwunden – diesmal wirklich. Aber sie war irgendwo auf der Welt und bereit, das Wissen über das, was er getan hatte, in einem kritischen Moment gegen ihn zu verwenden. Das durfte nicht passieren.

Deshalb hatte er seine besten Männer ausgesandt, um die ganze Welt nach ihr zu durchsuchen. Es hatte Sichtungen gegeben – in London, in Mumbai, wo ihre Mutter herstammte, und in Sydney. Destrys Bauchgefühl sagte ihm, dass sie sich irgendwo in der Nähe befand, und es frustrierte ihn, dass sie so gut versteckt war.

„Komm raus, komm raus, wo auch immer du bist." Destry schloss die Tür zu seinem Büro und schaltete seinen Computer ein. Er ignorierte die Hunderten von E-Mails und klickte stattdessen auf seinen privaten Ordner. So viele Fotos von ihr, immer mit diesem verzweifelten Blick in ihren Augen. Gebrochen. Schön. Er zeichnete den Umriss ihres Gesichts nach und seufzte. „Ich kann dich nicht leben lassen, Liebling. Nicht ohne mich. Niemals ohne mich."

Er schloss die Augen und stellte sich vor, wie er die Hände um ihren

Hals legte und zudrückte oder ein Messer tief in ihren Bauch bohrte, während sie um ihr Leben bettelte. Sein Schwanz wurde hart und er fragte sich, ob er riskieren konnte zu onanieren, bevor sein Assistent ins Büro kam. Er hörte jemanden im Vorzimmer, seufzte und schloss den Ordner. „Ein anderes Mal, meine Liebe."

Er nahm den Telefonhörer und rief seinen Sicherheitschef an. „Irgendwelche Neuigkeiten?"

„Nein, Sir. Wir haben noch nicht herausgefunden, wo sie sein könnte."

„Jesus ... sie ist nur eine Frau, um Himmels willen. Wie schwer kann es sein?"

Sein Angestellter entschuldigte sich. „Ich verspreche, dass wir sie finden, es kann aber noch eine Weile dauern."

„Ich verkünde meine Kandidatur in zwei Wochen. Ich will nicht, dass irgendetwas diesen Moment verdirbt. Finden Sie sie. Das ist alles, was ich von Ihnen verlange. Danach werde ich mich um sie kümmern."

„Boss, wenn ich sie finde, werde ich sie erledigen. Sie brauchen nicht ..."

„Nein", sagte Destry und unterbrach ihn. „Ich werde derjenige sein, der Anoushka tötet. *Ich*. Sagen Sie mir einfach, wo ich sie finden kann."

Er legte auf und lächelte vor sich hin. Er konnte es kaum erwarten.

KAPITEL 2

Christo schob sein Abendessen auf dem Teller herum. Er war nicht hungrig. Er war sich der finsteren Gestalt seines Vaters am Ende des Esstisches nur allzu bewusst. Die Geschäftspartner seines Vaters, einige von Christos Onkels und Cousins sowie Bertie waren ebenfalls anwesend, aber Christo konnte den Blick seines Vaters spüren. Er begegnete ihm mit einer Frage in seinen Augen. Fogliano war während des Essens ruhig gewesen, aber jetzt klopfte er mit der Gabel an sein Glas und bat um Aufmerksamkeit.

„Freunde, Familie, danke, dass ihr heute, an diesem verheißungsvollen, wenn auch überraschenden Tag gekommen seid."

Christos Rücken versteifte sich und Bertie warf ihm einen warnenden Blick zu. *Lass deinen Vater seine kleine Rede halten.* Christo seufzte. Er hatte keine Ahnung, was sein Vater den anderen erzählen würde, und hatte daher keine Verteidigung vorbereitet.

In Foglianos Lächeln war keine Wärme. „Mein Sohn, mein einziger Nachkomme, hat mir heute gesagt, dass er mein Unternehmen nicht will."

„Oh je", murmelte Bertie. Christos Blick verließ nie den seines Vaters.

„Nun", fuhr Fogliano fort, „ich war immer stolz auf meinen Sohn. Stolz auf das, was er erreicht hat und was er mir gegeben hat, also freut es mich, dass er seinen eigenen Weg gehen will."

Christos Augen weiteten sich und er entspannte sich ein wenig. Fogliano lächelte. „Und wisst ihr, was mein Sohn, mein in Harvard ausgebildeter Anwaltssohn, mit seinem Leben tun will, jetzt wo er nicht mehr Teil meines Unternehmens sein möchte?"

Christos Hoffnung schwand. Nein, das war keine mitreißende Rede, die sein Loblied singen würde. Er kannte den Blick in den Augen seines Vaters – er wurde gerade bestraft und gnadenlos verspottet. *Los, Dad. Ich kann damit umgehen.*

„Er will *Möbel* bauen!", rief Fogliano triumphierend. „Möbel! Wie ein verdammter Hipster-Narr, könnt ihr das glauben? Ich bin so froh, dass ich Hunderttausende von Dollar in deine Ausbildung investiert habe, Sohn, damit du mit deinen handgefertigten Beistelltischen und Schaukelstühlen Spaß haben kannst. Was für ein Privileg, sagen zu können, dass mein Sohn, den ich als meinen Erben für das Unternehmen erzogen habe und dem ich mein Leben gewidmet habe ... nichts damit zu tun haben will. Wie kann es sein, dass ich ein so undankbares Kind großgezogen habe?"

Im Raum war es still. Die Atmosphäre war angespannt und beunruhigend, als Fogliano aufstand und zu seinem Sohn ging. Christo biss die Zähne zusammen. Das war eindeutig einer von Foglianos Wutausbrüchen. *Ich hätte es wissen müssen*, dachte Christo, *ich hätte wissen müssen, dass er es nicht gut aufnehmen und darauf warten würde, mich vor allen anderen zu demütigen.* Er fing Berties Blick auf. Berties Gesichtsausdruck war wütend, aber wachsam. Christo schüttelte den Kopf – er wusste, dass sein Freund ihn vor seinem Vater verteidigen würde, aber

Christo fühlte sich benommen. *Mach schon*, dachte er, *nur zu, Dad.*

Die Wut, die sich seit Jahren in ihm aufgebaut hatte, hatte fast den Siedepunkt erreicht. Als Fogliano sich auf seinen Sohn stürzen wollte, stand Christo auf. „Was ist los, Dad? Kannst du den Gedanken nicht ertragen, dass jemand zur Abwechslung sein Geld auf ehrliche Weise verdient?"

Fogliano hielt inne. „*Ehrlich?* Ich habe genug von deinen moralischen Bedenken, Junge. Mein Geld war dir willkommen, um dich durchs Studium zu bringen, und jetzt bist du zu gut dafür?"

Christo stellte sich seinem Vater entgegen. „Nein, Dad. Ich bin nicht gut. Ich werde nie gut sein, aber ich kann versuchen, das Gleichgewicht wiederherzustellen. Für Mom und auch für mich."

Er wusste, dass es seinen Vater noch mehr in Rage versetzen würde, Ornella zu erwähnen, aber Christo war es egal. Er wollte Fogliano reizen und einen Kampf provozieren, damit er einen klaren Schnitt machen konnte. Er musste nicht lange warten. Fogliano verpasste ihm einen rechten Haken und schleuderte ihn gegen den Tisch, so dass die Teller und das Besteck klirrten. Die Männer um den Tisch schossen auf die Füße, als Fogliano seinen Sohn hochzog und erneut zuschlug. Bertie wollte dazwischengehen, doch Christo schrie, er solle sich nicht einmischen. Fogliano schlug seinen Sohn immer wieder, bis Blut aus Christos Nase strömte. Im Raum war es totenstill, als Fogliano Christo schließlich schwer atmend losließ.

„Verschwinde aus meinem Haus", knurrte er mit wutverzerrtem Gesicht. Christo stand unsicher auf und sah seinem Vater in die Augen.

„Es ist mir ein verdammtes *Vergnügen.*"

Er ließ sich von Bertie aus der Villa zu seinem Auto führen. Christo sah zu dem Haus auf, als Bertie ihn davon wegzerrte, wohl wissend, dass er es niemals wiedersehen würde. Er war frei.

„Alter, lass uns in den Club gehen", sagte er und wischte sich das Blut aus dem Gesicht. „Ich brauche einen Drink ... oder ein halbes Dutzend."

Erst als er an diesem Abend sehr betrunken nach Hause in seine Wohnung kam, brach Christo schließlich zusammen.

ZWEI WOCHEN später hatte Noosh immer noch nicht den Mut gefunden, zu dem Sexclub zu gehen. Sie hatte ihre Geschichte unauffällig in der Schublade verschwinden lassen und Allison bei ihren anderen Projekten in der Hoffnung assistiert, dass ihre Chefin sie einfach vergessen würde, aber an einem Donnerstagabend, als sie eine Pizza miteinander teilten, musterte Allison sie. „Und?"

Noosh täuschte Ahnungslosigkeit vor. „Was?"

Allison verdrehte die Augen. „Noosh."

Noosh seufzte. „Schon gut ... die Geschichte ist in der Warteschleife."

„Bis?"

„Bis ich mich dazu durchringen kann, in den Club zu gehen. Ich meine, du hast recht. Ich muss es erleben, es ist nur ... ich bin mir nicht sicher, ob BDSM mein Ding ist."

„Denkst du, Journalisten, die in kriegszerrüttete Länder gehen, gefällt, was sie dort sehen müssen? Es geht um die Story, nicht um deine persönlichen Vorlieben. Außerdem habe ich nie gesagt, dass du irgendetwas davon selbst ausprobieren musst." Allison schob sich ein Stück Pizza in den Mund und betrachtete Noosh eindringlich. „Wann hattest du überhaupt das letzte Mal Sex?"

Noosh lachte geschockt, obwohl die Frage typisch für Allison war. „Es ist schon eine Weile her", antwortete Noosh ehrlich und grinste dann ihre Chefin an. „Und du?"

„Gestern Nacht. Ein heißer Anwalt. Netter Kerl. Großer Schwanz."

Noosh spuckte beinahe ihre Limonade aus und lachte. Sie schüttelte den Kopf über ihre Chefin. „Du bist unverbesserlich."

„Und zufrieden. Mein Gott, Noosh, hast du in den Spiegel geschaut? Du könntest jeden Mann haben, den du willst, das weißt du, oder?"

Noosh spürte, wie sich eine kalte Hand um ihr Herz schloss – so wie immer, seit *er* in ihr Leben getreten war. „Ich will keinen Mann. Mir geht es besser als Single."

Allison wirkte nicht überzeugt, wurde aber von dem Alarmton ihres Handys abgelenkt. „Oh, es gibt Neuigkeiten. Senator Papps hat seine Kandidatur verkündet. Das hatte ich mir schon gedacht."

Noosh fragte sich, ob ihr das Entsetzen ins Gesicht geschrieben stand. „Destry Papps?"

„Ja. Er will Präsident werden und seine Chancen stehen wohl nicht schlecht."

Noosh war übel, aber sie überspielte es, indem sie die Reste ihres Abendessens wegräumte. „Darüber werden wir aber nicht berichten, oder? Ich meine, Politik ist nicht wirklich unser Zuständigkeitsgebiet."

Allison wischte die Krümel von ihrer Hose. „Nicht wirklich, aber Papps ist bei den Frauen beliebt. Gutaussehender Typ."

Noosh spürte, wie ihr Gesicht brannte. „Mein Typ ist er nicht."

Allison, der Nooshs gerötetes Gesicht entging, kicherte. „Nun, er ist auch für meinen Geschmack etwas zu glatt und perfekt, aber jedem das sein. Hey, alles okay?"

Schließlich hatte sie bemerkt, dass Noosh unwohl war. Noosh nickte. „Ich bin einfach müde."

„Dann lass uns ein Taxi für dich rufen – Gott, es ist schon nach elf. Noosh, warum hast du mir das nicht gesagt? Du musst mich für eine echte Sklaventreiberin halten." Sie lächelte ihre junge Freundin an. „Nimm dir morgen und Montag frei. Erhole dich bei einem langen Wochenende. Glaube nicht, dass ich nicht bemerkt habe, wie viele Überstunden du hier machst – ich weiß es zu schätzen. Ich sage das nicht oft, aber in den letzten Monaten hast du mich wirklich wieder für diesen Job begeistert."

ALS SIE AUF dem Weg zu ihrer Wohnung auf dem Rücksitz des Taxis saß, konzentrierte sich Noosh auf Allisons Komplimente. Es fühlte sich so gut an, ihre Heldin, ihr Idol, ihre Mentorin solche Dinge sagen zu hören, aber trotzdem wurde die Freude darüber durch den Gedanken an Destry getrübt.

Gott ...

Noosh wurde schlecht, als sie sich ihn als Präsident vorstellte. Wenn jemand ihn stoppen konnte, dann sie. Sie konnte tausend Geschichten über seinen hasserfüllten, bösartigen Charakter erzählen. Seine Gewaltbereitschaft ... seine Drohungen, sie zu töten.

Aber selbst wenn ihr tatsächlich jemand glauben würde – zur Presse oder zur Polizei zu gehen wäre so, als würde sie ihr eigenes Todesurteil unterschreiben.

Als sie in ihre Wohnung trat und sich vergewisserte, dass die Tür gut verriegelt war, erkannte sie eine harte Wahrheit. Wenn Destry sie jemals fand ... sie hatte keinen Zweifel, dass sie dann tot sein würde. Warum zum Teufel war sie nach Amerika gekommen? In *sein* Heimatland. War es Trotz? War es die Hoffnung, dass er sie hier am wenigsten vermuten würde?

Nein. *Zur Hölle mit ihm.* Es war ihr Traum, Radiojournalistin zu werden, mit Allison zu arbeiten und etwas für sich zu haben.

Sie hatte seinetwegen schon so viel verloren ... Zum Beispiel konnte sie ihre Eltern nicht mehr sehen. Sie vermisste sie so sehr und lebte für die Anrufe auf ihre Prepaid-Handys, die sie jede Woche austauschten. Ihre Freunde in London, ihre Verwandten in Mumbai – alle waren jetzt außer Reichweite, weil Destry sie benutzen könnte, um sie zu finden. Bei der Arbeit verwendete sie ein Pseudonym für ihre journalistischen Beiträge – Sarah Marsh. Etwas, das nicht mit ihrem richtigen Namen in Verbindung stand.

Noosh lag auf ihrem Bett und starrte schlaflos an die Decke. Mit einer Todesdrohung zu leben war immer noch unwirklich und doch nur allzu real für sie. Es machte sie wütend und ängstlich.

Sie rollte sich auf die Seite. *Weißt du was, Destry? Ich werde in den Club gehen und dort vielleicht irgendeinen Kerl ficken ... weil ich es kann. Es wird meine Wahl sein. Zur Hölle mit dir und deinen politischen Ambitionen. Wenn ich auch nur eine Geschichte darüber höre, dass du eine andere Frau wie mich behandelst, werde ich an die Öffentlichkeit gehen, was die Konsequenzen auch sein mögen.*

Ich werde dein Kartenhaus einstürzen lassen, auch wenn es mir das Leben kostet.

KAPITEL 3

Bertie warf einen Blick auf seinen Freund. Christo trank ununterbrochen und sein attraktives Gesicht war ärgerlich verzogen. Er war seit jener schrecklichen Nacht im Haus seines Vaters so und Bertie war besorgt. Christo war nie ein starker Trinker gewesen und zu sehen, wie er teuren Whiskey hinunterkippte, als wäre er Soda, war irgendwie falsch. Von den beiden war Christo normalerweise der Bodenständige, der Bertie nach einer durchzechten Nacht stützte und selbst zu trinken aufhörte, bevor der Kater einsetzte.

Aber jetzt war seinem Freund offenbar alles egal und Bertie wusste nicht, wie zum Teufel er ihn von seinem selbstzerstörerischen Verhalten abbringen sollte. Er setzte sich auf, als Christo sich vom Barhocker erhob und zur Tür taumelte. „Alter, wohin zum Teufel gehst du?"

„Ich suche mir eine Frau für die Nacht", schoss Christo zurück und Bertie seufzte. Das kam noch dazu. Zahllose Frauen – in den letzten Wochen jede Nacht eine andere. Christo wachte jedes Mal in einem fremden Haus auf, aus dem Bertie ihn abholen musste.

„Christo, ich fliege morgen früh nach LA. Ich werde nicht da sein, um dich abzuholen."

Christo blieb an der Tür stehen und drehte sich um, um seinem Freund ein trauriges Lächeln zu schenken. „Das hast du schon zu oft getan, mein Freund. Es ist Zeit, dass du mich dort zurücklässt, wo ich hingehöre, auch wenn es die Gosse ist."

Bertie war überrascht, wie klar – wenn auch deprimiert – sein Freund klang. Er stand auf und ging zu ihm. „Komm schon, Christo, lass mich dich jetzt nach Hause bringen. Mach eine Pause."

Christo überlegte, schüttelte dann aber den Kopf. „Es ist okay, Bertie. Ich gehe in meinen Club ... dort wird man mir ein Taxi rufen. Ich brauche Sex, Bertie. Ich muss irgendwie diese Wut aus mir herauskriegen und Sex ist dazu die beste Methode."

Bertie seufzte. „Sind die Frauen damit einverstanden?"

„Die Frauen wollen einfach nur ficken." Christo, dessen grüne Augen traurig waren, wich dem forschenden Blick seines Freundes aus. „Lass mich gehen, Bert. Ich muss das auf meine Weise machen. Ich finde mein Gleichgewicht wieder, versprochen."

Bertie sah hilflos zu, wie Christo aus der Bar trat und ein Taxi rief. Christo hatte recht – die einzige Person, die ihn aus dieser Krise herausholen konnte, war er selbst. Bertie konnte kaum glauben, dass Christo sich endlich von seinem Vater befreit hatte. Er war sich so sicher gewesen, dass sein Freund feiern würde, anstatt deprimiert zu sein. Er hatte bekommen, was er wollte, oder nicht? Warum war er so selbstzerstörerisch? Hatten die Schläge seines Vaters ihn so aus der Fassung gebracht?

Bertie schüttelte den Kopf und ging zurück, um seine Jacke zu holen. Eines wusste er sicher: Christo hatte recht – Bertie musste ihn fallenlassen, bevor er ihm helfen konnte, wieder auf die Beine zu kommen.

Er hoffte nur, dass es dann nicht zu spät sein würde.

Noosh war unsicher, ob sie selbstbewusst in den Club gehen oder sich einfach übergeben sollte. Sie zitterte in der Nachtluft, obwohl es sehr warm war, und glättete dann ihr Kleid zum vierzehnten Mal. „Option eins", sagte sie zu sich selbst, reckte ihr Kinn und trat in den Eingang des Clubs. Der Sicherheitsmann nickte ihr höflich zu und öffnete die Tür. Noosh dankte ihm und vergewisserte sich, dass ihre Stimme nicht zitterte, bevor sie hineinging.

Musik strömte ihr entgegen, als sie die Bar anvisierte und ihr tausend verschiedene Gedanken durch den Kopf gingen. Zu ihrer Linken bemerkte sie zu ihrem Entsetzen eine kleine Bühne, auf der Menschen sich nackt und verschwitzt wanden und tanzten.

Okay, sagte sie sich, *das war zu erwarten. Nicht ausflippen. Du willst nicht wie eine Anfängerin aussehen.*

Sie setzte sich an den Tresen. Der Barkeeper begrüßte sie – alle waren so höflich – und sie bestellte sich einen Cosmopolitan. Sie nippte an ihrem Drink und nahm sich Zeit, sich umzusehen.

An einem Tisch in der Ecke verband eine Frau, die ganz in Latex gekleidet war, einem Mann, der bis auf seine Jeans nackt war, die Augen. Als er nichts mehr sehen konnte, nahm die Frau eine Kerze und tropfte langsam heißes Wachs auf seine Brust. Sie lächelte, als er stöhnte. Andere Leute beobachteten sie, aber die Verbindung zwischen den beiden war so greifbar, dass Noosh nicht wegsehen konnte. Die Domina begegnete ihrem Blick und Noosh erwiderte ihr Lächeln.

Die Atmosphäre im Club überraschte sie. Im Gegensatz zu

den üblichen überfüllten Clubs am Freitagabend herrschte hier eine entspannte, weltoffene Stimmung, die sie erstaunte. Nach einer Stunde genoss sie es sogar, zu beobachten, was vor sich ging und für alle okay zu sein schien, auch wenn sie selbst nicht mitmachte.

Noosh musste zugeben, dass die freizügige Atmosphäre erotisch war, und als eine schöne Frau, die sich einen Drink an der Bar bestellte, sie mit einem sanften Kuss auf den Mund überraschte, ließ Noosh sich darauf ein.

„Du bist wunderschön", sagte die Frau und strich mit ihren Händen über Nooshs Schenkel, „aber zurückhaltend. Bist du zum ersten Mal hier?"

Noosh nickte schüchtern. Die Frau, eine betörende, üppige Blondine, nickte grinsend zu der gegenüberliegenden Seite der Bar. „Da ist ein Mann, der seit einer Stunde immer nur dich ansieht. Er ist sensationell. Geh zu ihm und hab Spaß."

Noosh sah zu der Stelle, auf die die Blondine wies, und spürte einen merkwürdigen Stich reinen Verlangens in ihrem Bauch. *Sensationell* war noch untertrieben.

Der Mann begegnete ihrem Blick. Seine Augen waren leuchtend grün im Kontrast mit seinem dunklen Haar und seinem Bart, und sie brannten sich in Nooshs Augen. Ihr Körper reagierte sofort auf ihn. Ihre Brustwarzen wurden fast schmerzhaft hart und ihr Zentrum wurde von Erregung überflutet.

Sie konnte kaum zu Atem kommen. Der Mann glitt von seinem Stuhl und kam auf sie zu. Noosh konnte sich nicht bewegen. Er war groß – mindestens einen Kopf größer als sie mit ihren 1,65 – und als er sie erreichte, starrte er sie wortlos an. Einen Moment sahen sie sich nur an, dann senkte er den Kopf und sein Mund traf ihren.

Der Kuss war zuerst sanft, aber als Noosh sich ihm hingab, pressten sich seine Lippen hungrig gegen ihre. Schließlich musste sich Noosh losreißen, weil sie keine Luft mehr bekam und spürte, wie ihr Körper unkontrolliert zitterte. Wer war dieser Mann?

Sie öffnete den Mund, um etwas zu sagen, aber er schüttelte den Kopf, nahm ihre Hand und führte sie tiefer in den Club. Noosh ging mit ihm, weil es undenkbar war, es nicht zu tun. Sie gingen immer weiter, bis sie eine verschlossene Tür erreichten. Ihr Begleiter öffnete sie und zog Noosh hinein. Sobald er die Tür abgeschlossen hatte, schob er seine Hände um ihre Taille und küsste sie wieder, während er seinen Körper gegen ihren drückte.

Noosh vergrub ihre Hände in seinen Haaren und zog an den dunklen Locken, als sie seine Küsse erwiderte. Ihre Gedanken wirbelten durcheinander und sie fühlte sich wie im Delirium. Sie konnte die heiße Länge seines Schwanzes, die sich gegen ihren Bauch drückte, durch seine Hose spüren. Sie stöhnte leise bei dem Gedanken daran, was sie vorhatten.

Ihr Stöhnen schien etwas in ihm auszulösen, denn er zog die Träger ihres Kleides herunter und entblößte ihre Brüste für seinen Mund. Seine Lippen legten sich um ihre Brustwarze und ließen sie nach Luft schnappen. Sie konnte spüren, dass ein Orgasmus in ihr zu wachsen begann, aber sie wollte das Vergnügen so lange wie möglich hinauszögern.

Vorsichtig schob sie ihre Hand zum Reißverschluss seiner Hose und öffnete ihn. Sie ließ ihre Hand hineingleiten und spürte, wie sein Schwanz sich heiß gegen ihre Finger presste. Himmel, er war *riesig* ...

Er schob ihren Rock hoch und zerrte an ihrer Unterwäsche, und Noosh hatte das verzweifelte Bedürfnis, ihn in sich zu haben. Ihr Liebhaber rollte schnell ein Kondom über seinen steinharten Schwanz. Dann rammte er sich mit einem selbstbewussten Stoß in sie.

Noosh gab ein zittriges Keuchen von sich, als sie anfingen zu ficken, sich dabei aneinander festklammerten und sich küssten, als ob sie einander verschlingen wollten. Er drückte sie gegen die Wand und seine Arme hielten sie mühelos fest, während sein Schwanz mit jedem Schlag tiefer und tiefer in sie hineinglitt. Seine Augen verließen dabei niemals ihre.

Noosh stöhnte, als er härter und tiefer in sie eindrang, und zum ersten Mal sah sie in seinen Augen Zorn, Wut und noch etwas anderes ... Schmerz. Sie küsste ihn heftig und wollte diesen Schmerz – was auch immer es war – verschwinden lassen.

Aber dann rollten ihre Augen in ihrem Kopf zurück und sie schrie auf, als ihr Orgasmus sie erfasste. Seine freie Hand streichelte ihre Klitoris und sein Mund war auf ihrem ... er wusste genau, was er tat.

Mit einem Stöhnen kam er ebenfalls und sie stürzten auf den Boden. Noosh hielt den Atem an und genoss das Gefühl seines Gewichts auf ihrem Körper. Nach einem Moment setzte er sich schweratmend auf. Noosh zog ihr Kleid hoch und setzte sich neben ihn.

Nach einer langen Weile, als sie schon dachte, er würde nie etwas sagen, wandte er sich ihr zu. Gott, er war so schön ... Als er seinen Mund öffnete, um zu sprechen, konnte Noosh nicht anders, als sein Gesicht zu berühren. Es schien ihn zu überraschen. Sie umfasste seine Wange mit ihrer Hand, streichelte mit ihrem Daumen sanft über seine Haut und nahm jedes Detail seines Gesichts in sich auf. Wenn sie ihn niemals wiedersah, wollte sie sich an alles erinnern.

Die Atmosphäre zwischen ihnen veränderte sich. Er sah nicht mehr wie ein finsterer, gefährlicher Mann aus, sondern verletzlich und müde ... traurig. Er schloss seine Augen, als sie sein Gesicht streichelte, und genoss ihre Berührung.

Dann zog er sich zurück und sein hübsches Gesicht verzog sich. „Nicht."

Noosh zog schnell ihre Hand zurück. „Es tut mir leid, es ist nur ..."

„Wir sind hier, um zu ficken. Ficken ist alles, was ich will."

Seine Stimme war hart und er sah sie nicht mehr an.

„Habe ich etwas falsch gemacht?"

„*Jesus.*" Er zischte das Wort. „Hör zu, ich bin nicht hier, um Neulinge in diese Welt einzuführen. Ich komme hierher, um zu ficken und gefickt zu werden. Nicht, um mich mit irgendeiner Jungfrau zu beschäftigen."

Er erhob sich und Noosh rappelte sich mit klopfendem Herzen auf. Wie hatte sich die Stimmung so schnell gewandelt?

„Ich bin keine Jungfrau", brachte sie heraus. Ihre Stimme zitterte nur leicht.

Sie sah sich im Raum um und entdeckte einen Schrank mit Paddeln, Seilen, Lederpeitschen und anderem Spielzeug. Sie schluckte schwer und blickte zu ihm zurück. Er beobachtete sie unter seinen langen, dichten Wimpern. Sie reckte ihr Kinn. „Fick mich noch einmal und ich werde dir zeigen, wie weit ich von einer Jungfrau entfernt bin."

„Nein."

Gott, das tat weh. Sie würde diesen Mann, diesen glorreichen Mann, dessen Schmerz sie auf seinem wunderschönen Gesicht erkennen konnte, nicht anbetteln. Aber sie wollte nicht, dass die Erinnerung an ihre Verbundenheit beschmutzt wurde ... was auch immer das zwischen ihnen sein mochte. Was hatte sie falsch gemacht? Sie zog die Träger ihres Kleides über ihre Schultern und holte tief Luft. Dann trat sie auf ihn zu und sah, dass er nicht zurückwich. „Was ist passiert?", fragte sie ihn leise. „Warum hast du solche Schmerzen?"

„Ich denke, du solltest jetzt gehen. Du gehörst nicht hierher."

„Du auch nicht."

Er gab ein kurzes, humorloses Lachen von sich. „Süße, du hast keine Ahnung, wovon du sprichst. Geh einfach."

Nooshs Schenkel schmerzten noch von ihrer leidenschaftlichen Begegnung, aber sie wich nicht zurück. Nein, sie würde nicht weggehen. Hier war etwas, das es wert war, erforscht zu werden. Sie wusste, dass er es auch spürte.

Ihr Liebhaber schüttelte den Kopf. „Geh. Bitte, geh einfach. Ich kann das nicht ertragen."

Ihr Herz zog sich qualvoll zusammen. „Nein. Ich werde nicht gehen."

„Bitte."

Sie trat vor und streckte die Hand nach ihm aus, aber er zuckte zurück. Seine Hände ballten sich zu Fäusten. „Raus mit dir. Solange du es noch kannst."

Der Nervenkitzel der Gefahr durchfuhr sie. „Nein."

Es war still. Dann schritt er durch den Raum und zerrte sie zur Tür. Noosh legte ihre Hände auf seine Brust, als er sie dagegen drückte. „Nein, du kannst mich nicht einfach so rauswerfen. Nicht nach ... Es war unglaublich ..."

Er schloss die Augen. „Bitte, ich flehe dich an. Geh. *Geh.*"

„Aber ..."

„Geh!"

Die Wildheit des Gebrülls dieses gefährlichen Mannes, der über ihr aufragte, brach schließlich ihre Entschlossenheit. Noosh tastete nach dem Griff, öffnete die Tür und rannte den Flur hinab. Sie hörte, wie er die Tür hinter ihr zuschlug. Sie lief durch den Club und eilte die Treppe zum Ausgang hinauf.

Erst als sie barfuß auf die Straßen von New York City trat, bemerkte sie, dass sie weinte.

Der Mann saß in einem Auto gegenüber dem Club und lächelte

vor sich hin. Er fragte sich, ob er herübergehen, Hallo sagen und ihr helfen sollte, nach Hause zu kommen ... aber das war nicht der Grund, warum er hier war. Er war beauftragt worden, Anoushka Taylor zu finden, und nach einem großzügigen Trinkgeld hatte er endlich erfahren, wo sie wohnte. Er musste allerdings bestätigen, dass die Adresse richtig war, bevor er den Boss kontaktierte, und nachdem er sie auf dem Weg zum Club gesehen hatte, war er ihr hierher gefolgt. Wer hätte gedacht, dass das Mädchen einen Fetisch hatte? Es machte seinen Schwanz hart, an sie zu denken, aber jetzt, als er sie in Tränen ausbrechen sah, wurde ihm klar, dass sie neu in der Szene sein musste.

Er grinste und zog sein Handy heraus. Destry Papps ging beim ersten Klingeln ran.

Der Mann im Auto beobachtete, wie Anoushka Taylor ein Taxi rief, und lächelte. „Ja, ich bin es. Ich habe sie gefunden."

KAPITEL 4

Nachdem sie gegangen war, fiel Christo zu Boden und atmete tief durch. Gott, was war aus ihm geworden? Hatte er wirklich dieses süße, freundliche, schöne Mädchen angeschrien? Aber es war ihre Süße gewesen, die ihn dazu gebracht hatte, so zu reagieren. Er hatte sie nicht verdient. Die Art, wie sie sein Gesicht berührt hatte, wie sie ihn angesehen hatte ...

„Scheiße. Fuck." Er fluchte leise und hielt seinen Kopf in seinen Händen. *Geh ihr nach, entschuldige dich, flehe sie an zurückzukommen.* Aber er wusste, dass er es nicht konnte. In dem Moment, als er sie sah, hatte sich etwas in ihm gerührt. Sie war so liebenswert, ihre großen braunen Augen waren warm und freundlich und sie sah so verloren aus. Er hatte sie in seine Arme nehmen und vor allem und jedem beschützen wollen, aber sobald er sie küsste, hatte etwas Animalisches in ihm die Kontrolle übernommen. Sie zu lieben, war aufregend gewesen – ihr üppiger Körper gegen seinen gepresst, sein Schwanz tief in ihrem samtigen Zentrum ... es war ein Erwachen für ihn gewesen. Bei keiner Frau hatte er sich jemals so gefühlt ... und es erschreckte ihn.

Er versuchte, das Schluchzen zu stoppen, das seine Brust verengte, aber es platzte trotzdem aus ihm heraus. Was zum Teufel war mit ihm los? Bertie hatte recht. Er hatte bekommen, was er wollte – er war weg von seinem Vater. Warum aber war er so verdammt unglücklich?

Er schrie seinen Schmerz heraus, dann zog er sein Handy aus der Tasche und wählte Berties Nummer. Als sein Freund ranging, sagte er nur: „Tiefpunkt."

Bertie verstand ihn sofort. „Wo bist du?"

Christo sagte es ihm und Bertie wies ihn an, dortzubleiben. „Ich komme dich abholen."

Eine Stunde später saß Christo in einem Flugzeug nach Arizona, wo Bertie ihm einen Platz in einer Rehabilitationsklinik besorgt hatte.

NOOSH VERGRUB sich nach dieser seltsamen, wundervollen, schrecklichen Nacht in ihrer Arbeit. Sie hatte Allison gesagt, dass sie die Geschichte über die BDSM-Clubs fallenlassen würde, und obwohl Allison sie über das, was vorgefallen war, befragt hatte, behielt Noosh es für sich. Sie fühlte sich von der Erfahrung zerschlagen, aber gleichzeitig konnte sie nicht aufhören, an ihren düsteren Liebhaber zu denken. Wer war er? In Momenten der Schwäche schloss sie die Augen und erinnerte sich an das Gefühl seiner Hände auf ihrem Körper, seines Mundes auf ihrem, seines Schafts tief in ihr. Sie zitterte, denn das Vergnügen war noch zu real für sie. Aber danach ...

Hör auf, an ihn zu denken, sagte sie sich. *Es ist einen Monat her. Du wirst ihn niemals wiedersehen.* Sie richtete ihre Aufmerksamkeit wieder auf das Meeting. Sie sammelten Themenideen für das nächste Jahr und bis jetzt hatte Noosh kaum etwas davon mitbekommen.

Sie blinzelte und konzentrierte sich auf das, was Allison

sagte. „Wie wäre etwas über die nächste Generation von New Yorks Mafiafamilien? Viele ihrer Nachkommen meiden das alte Leben und gründen legale Unternehmen. Ich habe gehört, dass die Älteren darüber ... erbost sind, um es gelinde auszudrücken. Ich möchte mich auf drei oder vier Erben konzentrieren, die sich befreit haben."

„Wie genau soll das aussehen?" Seth, einer der Chefs der Radiostation, sah interessiert aus.

Allison nickte und ihre grauen Augen waren ernst. „Eine vierteilige Serie. Ich interviewe jeden von ihnen und frage sie, wie sie über ihre Verbindungen zur Mafia denken und warum sie sich dazu entschlossen haben, ihre Familien zu verlassen. Moment mal, ich habe eine Liste hier." Sie kramte in ihrem Notizbuch herum. „Richard Viera, Dominic Octavo, Christofalo Montecito und Helena DeVito. Diese Namen habe ich bei meinen ersten Nachforschungen entdeckt."

Seth nickte und Noosh schrieb die Namen auf. Sie war froh, etwas zu haben, das sie ablenkte. „Deine Idee gefällt mir, Ally", sagte Seth und nickte Noosh zu. „Arbeitest du bei dieser Geschichte mit Allison zusammen?"

Noosh lächelte dankbar. „Nur zu gern."

Allison zwinkerte ihr zu. „Und wir können nicht ignorieren, dass nächstes Jahr gewählt wird. Mit etwas Glück können wir die Kandidaten zu einem Interview einladen."

„Ob sie wohl mit einer Sendung wie deiner assoziiert werden wollen?", unterbrach sie Felix, ein rivalisierender Moderator, der Allison und ihr Talent verabscheute, aber Seth winkte ab.

„Wir werden diejenigen bekommen, die genug Mut haben. Diejenigen, die bereitwillig in Colberts Show gehen. Das sind die Leute, die wir wollen. Harper, Seagram, Papps ..."

„Destry Papps wäre ein Quotengarant", sagte Allison und Nooshs Herz sank. *Oh Gott, nein.* Sie wusste sofort, dass sie sich an dem Tag, wenn Destry im Studio auftauchte, krankmelden würde. Noosh stellte fest, dass ihre Fingernägel sich in ihre Handflächen gruben und tiefe Halbmonde hinterließen. Sie entspannte ihre Finger.

Nach dem Meeting klemmte sie sich hinter ihren Schreibtisch und arbeitete sich durch den Papierkram. Erst als Allison vorbeikam, sah sie auf die Uhr und bemerkte, dass es schon nach acht Uhr abends war.

„Hey Noosh, Zeit, nach Hause zu gehen. Ich habe nachgedacht. Diese Mafia-Erben-Geschichte … Du könntest dabei die Führung übernehmen. Weißt du, warum das interessant wäre? Du bist nicht aus New York oder den Vereinigten Staaten. Deine Perspektive als Außenstehende könnte dafür sorgen, dass sie sich dir öffnen. Was sagst du?"

Noosh starrte ihre Chefin an. Es war unglaublich, so eine große Geschichte anvertraut zu bekommen. „Ich weiß nicht, was ich sagen soll."

„Sag Ja", erwiderte Allison grinsend. Dann verschwand ihr Lächeln. „Noosh, du verdienst es, und da ist noch etwas … Ich weiß nicht, was dir in diesem Club passiert ist, aber ich weiß, dass etwas vorgefallen ist, und ich fühle mich schlecht deswegen. Ich habe dich ermutigt, dort hinzugehen, und was auch immer passiert ist …"

„Was auch immer passiert ist, ist vorbei", unterbrach Noosh sie. „Es ist nicht deine Schuld."

Es folgte eine lange Stille. „Wer war er?"

Noosh kämpfte für einen Moment um Worte und entschied, dass die Wahrheit der einzige Ausweg war. „Der unglaublichste Mann, den ich je getroffen habe. Und der kaputteste. Keine gute Kombination."

Allison tätschelte ihre Schulter. „Tut mir leid, Süße. Ich kenne solche Männer. Sie machen einen sofort süchtig, wie Zucker oder Heroin, und sie sind nicht gut für einen."

Keine Versprechen

Noosh nickte, sah aber von ihrer Chefin weg. „Gar nicht gut."

„Wie auch immer, geh nach Hause. Wir werden morgen weiterreden. Über die Mafia-Geschichte. Aber du weißt, dass du mit mir über alles reden kannst, nicht wahr?"

Noosh lächelte sie an. „Ich weiß. Danke. Wir sehen uns morgen."

In der U-Bahn nach Hause gönnte sich Noosh eine weitere Fantasie über ihren mysteriösen Liebhaber und stellte sich vor, wie er an ihrer Wohnungstür auftauchte und um ihre Vergebung bettelte. Würde sie ihn dazu bringen, zu betteln? Noosh grinste. Wahrscheinlich nicht – ein Blick in seine grünen Augen und sie würde nachgeben. *Erbärmlich*, tadelte sie sich, stellte sich aber trotzdem vor, wie sie ihn in ihre Wohnung zog, ihm die Kleider vom Leib riss und ihn fickte, bis sie beide erschöpft waren.

Zu Hause nahm sie ein langes Bad und genoss die Fantasie ein wenig mehr. Ihre Hand zwischen ihren Beinen streichelte ihre Klitoris, während sie sich vorstellte, dass es seine Zunge war. Sie zitterte bei einem erlösenden Orgasmus, bevor sie die Gedanken an ihn verdrängte.

Vielleicht sollte man manche Menschen nur einmal im Leben treffen, sagte sie sich, als sie die Decke über ihre Schultern zog und es sich bequem machte, um fernzusehen.

Noosh wusste nicht, was sie geweckt hatte. Ob es der Fernseher war, der noch lief, oder das Gefühl, dass jemand bei ihr im Raum war. Noosh öffnete die Augen und erstarrte. Eine dunkle Gestalt stand neben ihrem Sofa. Sie hatte kaum Zeit zu versuchen, die Gesichtszüge zu erkennen, bevor sie angeschossen wurde. Das Aufblitzen der Mündung erhellte den Raum, als der

Angreifer drei Kugeln in Nooshs Bauch feuerte. Die Schüsse wurden von einem Schalldämpfer erstickt.

Noosh keuchte wie betäubt. Der Schmerz traf sie mit voller Wucht und sie wusste eines mit Sicherheit, als sie dalag und das Blut aus ihr strömte:

Destry hatte sie gefunden.

KAPITEL 5

Sechs Monate später ...

Die Ärztin im Physiotherapie-Raum warf ihr einen langen Blick zu. „Anoushka, Sie überfordern sich. Ich habe Ihnen gesagt, dass es Zeit braucht."

Noosh balancierte zwischen den Haltestangen und schüttelte den Kopf. „Es dauert schon zu lange. Ich werde in diesem Krankenhaus noch verrückt. Ich möchte wieder arbeiten gehen."

Die müde aussehende Frau Mitte 30 namens Beth verdrehte die Augen. „Glauben Sie nicht, dass ich nicht weiß, dass Sie in Ihrem Zimmer heimlich trainiert haben. Ruhe ist Ihnen ein Gräuel, nicht wahr?"

„Ich hatte jede Menge Ruhe, als ich eingeliefert wurde." Noosh schob sich unter Schmerzen über das Laufband.

„Zur Erinnerung, ein Koma ist keine Ruhe, Anoushka. Kommen Sie, das war's für heute." Beth half Noosh zurück auf ihren Rollstuhl. Noosh seufzte frustriert.

„Bitte, Beth, machen Sie einem Mädchen eine Freude und lassen Sie mich hier raus."

Beth konnte nicht anders, als zu grinsen. „Nur damit Sie es wissen, dieser amerikanische Ausdruck klingt aus Ihrem englischen Mund verdammt komisch. Also gut."

Noosh war bereits auf einen Streit vorbereitet gewesen, so dass Beths Zustimmung sie verblüffte. „Wirklich?"

„Wirklich." Beth bestand dennoch darauf, Noosh in ihr Zimmer zurückzubringen. „Morgen. Im Ernst. Schlafen Sie sich heute Nacht aus und wenn Ihre Werte morgen gut sind, können Sie nach Hause gehen. Ich bin aber nicht glücklich darüber, dass Sie dort allein sind."

„Ich werde nicht allein sein."

Nooshs Eltern waren von der Radiostation nach New York geflogen worden, nachdem Noosh angeschossen worden war, aber als klar war, dass ihre Tochter überleben würde, mussten sie zu ihrem Leben in London zurückkehren, obwohl sie jeden Tag via Skype kommunizierten. Allison, die durch den Mordversuch bis ins Mark erschüttert war, hatte ihnen geschworen, sich um Noosh zu kümmern, und darauf bestanden, dass Noosh in ihre Wohnung an der Upper East Side zog.

„Mit Security", hatte sie betont, als Noosh protestierte, und keine Widerrede zugelassen. Der Mann – Noosh nahm an, dass es ein Mann war –, der sie angeschossen hatte, war immer noch da draußen, und die Polizei hatte keine Spur. Noosh hatte den Beamten nicht von ihrem Verdacht erzählt – dass Senator Destry Papps, Anwärter auf das Amt des Präsidenten der Vereinigten Staaten, derjenige war, der den gnadenlosen Angriff auf sie in Auftrag gegeben hatte. Wer zum Teufel würde das schon glauben? Ihre Mutter und ihr Vater hatten sie mit Schmerzen in den Augen angesehen und sie wusste, dass sie die gleiche Ahnung hatten. Würde Destry es noch einmal versuchen?

Noosh hoffte, wenn sie ihn jetzt nicht der Polizei verriet,

würde er begreifen, dass sie auch nicht zur Presse gehen würde, aber sie wusste, dass das eine naive Hoffnung war. Das Versprechen, zumindest zu Hause sicher zu sein, war verlockend.

Allison war sie jeden Tag besuchen gekommen und Noosh wusste von den Themen ihrer Radiosendung, dass die Schüsse ihre normalerweise unerschütterliche Chefin bis ins Mark getroffen hatten. Allison hatte den Radiosender dazu überredet, eine Kampagne gegen Schusswaffen durchzuführen, und indem sie Nooshs Geschichte – unter dem Pseudonym ‚Sarah' – mit ihren Zuhörern teilte, war es Allison gelungen, Aufmerksamkeit auf das Thema zu lenken und, wie Noosh hoffte, dem Angreifer zu übermitteln, dass sie jetzt beschützt wurde.

Noosh wusste, dass Destry die Sendung gehört hatte, denn am nächsten Tag war ein riesiger Strauß roter Rosen bei ihr eingetroffen, komplett mit einer Karte, auf der *Sarah ...* stand. *Seltsam, wie bedrohlich dieses eine Wort sein kann,* hatte sie gedacht, als sie die Blumen in den Mülleimer warf.

Allison bestand darauf, sie persönlich aus dem Krankenhaus abzuholen, als Noosh entlassen wurde, ließ sie auf dem Rücksitz ihres Autos Platz nehmen und umsorgte sie. Noosh grinste. „Du bist ja richtig mütterlich."

„Sei still, Kind", sagte Allison und versteckte ihr Grinsen. „Deine Eltern haben all deine Sachen gepackt und sie mir geschickt, also habe ich mir die Freiheit genommen, ein paar nicht allzu persönliche Dinge auszupacken, damit sich dein Zimmer wie ein Zuhause anfühlt."

Noosh seufzte. Sie hatte Monate gebraucht, um die Wohnung in Queens zu finden, und es fiel ihr nicht leicht, sie wieder zu verlieren. *Aber du lebst, also hör auf, dich selbst zu bemitleiden, und reiß dich zusammen.* Noosh lächelte Allison dankbar an und wechselte das Thema.

„Wie laufen die Interviews?" Noosh hatte die Vorbereitung der Mafia-Erben-Serie verpasst und es tat ihr leid, dass sie dafür nicht zur Verfügung stand. Nach dem, was Allison ihr erzählt hatte, war es eine Erfahrung, die einem die Augen öffnete.

„Bis jetzt gut, aber wir hatten eine Absage ... zumindest am Anfang. Aber Christofalo Montecito rief an dem Tag, als unsere Schusswaffenkampagne – und deine Geschichte – in den nationalen Nachrichten erwähnt wurde, noch einmal an und sagte, er wolle uns doch das Interview geben, um das wir ihn gebeten hatten."

„Das sind gute Neuigkeiten. Was ist seine Geschichte?"

„Schwer zu sagen. Wir wissen, dass er sich von den Geschäften seiner Familie zurückgezogen hat, aber was er bislang getan hat und was er vorhat, ist ein Geheimnis. Es ist nicht leicht, über jemanden zu recherchieren, der nicht gefunden werden möchte. Es gibt keine Fotos und keine Gerüchte über den Mann. Er ist ein Geist."

Noosh war überrascht. „Wirklich?"

Allison grinste sie an. „Ich weiß, was du denkst – dass du etwas im Internet finden kannst, das mir entgangen ist, aber ... da ist nichts. Der Mann ist sehr privat. Dass er zugestimmt hat, zu uns zu kommen, ist eine große Sache."

Noosh stöhnte. „Sag mir, dass ich dabei sein kann! Ich habe alles andere verpasst, Ally."

Allison seufzte. „In Ordnung, du kannst dabei sein, aber du darfst nichts anderes tun, als den Mann beobachten und ihm Hallo sagen."

Noosh grummelte, stimmte aber zu. „Wann kommt er?"

„Am Donnerstag ... und als Teil der Abmachung ruhst du dich bis dahin aus."

Noosh verdrehte die Augen. „Also gut."

„Sei nicht so mürrisch."

„Ach, sei still."

. . .

CHRISTO VERLIEß SEIN BADEZIMMER, nur um Bertie in seiner Küche zu finden, wo er sich Christos Kaffee genehmigte. Er lächelte seinen Freund an. „Wie sehe ich aus?"

Bertie musterte ihn grinsend. „Hässlich wie die Sünde."

„Danke, Alter." Christo lachte. Er wusste, dass er in dem dunkelblauen Pullover und der dunklen Jeans gut aussah, aber er war nervös. Bertie beäugte ihn.

„Hey, entspann dich. Das wird ein Kinderspiel. Alles, was du tun musst, ist, über dein neues Geschäft zu sprechen."

Christo verdrehte die Augen. „Wir wissen beide, dass das nicht stimmt."

Bertie grinste reuelos. „Du hast mich ertappt. Bleibe einfach bei der Wahrheit – es ist leichter, sich daran zu erinnern. Mr. Montecito, waren Sie jemals wissentlich an illegalen Aktivitäten beteiligt?"

„Nein."

„Aber Sie wussten, dass das Geschäft Ihres Vaters mit dem organisierten Verbrechen zu tun hatte?"

Christo seufzte. „Ja."

„Seufze nicht. Sag einfach Ja. Hör zu, Kumpel, natürlich werden sie dir schwierige Fragen stellen. Du hast das gewusst und dem Interview trotzdem zugestimmt."

Christo nickte. „Ich habe mir die anderen Interviews angehört." Er begann zu lächeln. „An Helena hat sich die Interviewerin fast die Zähne ausgebissen, hm?"

Bertie umklammerte dramatisch sein Herz. „Sprich nicht schlecht über die schöne Helena."

Christo lachte. „Bert, weißt du, was deine Fantasien real machen würde? Helena um ein Date zu bitten. Komm schon."

Er nahm seine Schlüssel und Bertie folgte ihm aus der Wohnung. „Das", sagte Bertie schnaubend, „würde mich dazu zwingen, mit ihr zu sprechen, was ich nicht tun werde."

„Weil sie dich beim Squash geschlagen hat?"

Bertie knurrte leise und Christo grinste. „Alter, komm endlich darüber hinweg. Vertrau mir, Helena ist sanft wie ein Kätzchen."

„Verdammt, du hast sie gefickt, oder?" Als sie in Christos Auto stiegen, klang Bertie halb verärgert, halb bewundernd. Christo schüttelte den Kopf.

„Nein, ich schwöre dir, dass ich das nicht getan habe. Schließlich weiß ich, wie du für Helena empfindest. Ich bin froh, dass ich nicht so tief gesunken bin."

Bertie klopfte seinem Freund auf die Schulter. „Guter Junge." Bertie lehnte sich zurück, als Christo das Auto in den Verkehr steuerte. Christo hatte immer darauf bestanden, selbst zu fahren, auch als er noch für seinen Vater arbeitete, und Bertie beobachtete, wie die Straßen an ihnen vorbeizogen. Nach einer Weile wandte er sich an seinen Freund.

„Apropos ..."

„Ja?"

„Bist du immer noch besessen von dem Mädchen aus dem Club?"

Christo warf ihm einen Blick zu. „Ich will nicht über sie reden."

„Aber du denkst immer noch an sie?"

Christo seufzte, dann nickte er. „Ich bekomme sie nicht aus dem Kopf, Bert. Sie war so liebenswert und ich habe sie wie Dreck behandelt. Ich hatte verdammtes Glück, so ein Mädchen zu finden, und habe alles kaputt gemacht. Ich denke ständig daran, sie zu finden und mich zu entschuldigen."

„Ist das einer der zwölf Schritte aus deiner Therapie?"

Christo grinste trotz allem. „Idiot."

Sie fuhren eine Weile in freundschaftlicher Stille, dann räusperte sich Bertie. „Wie wäre es, einen Privatdetektiv zu engagieren? Vielleicht kann er sie finden."

Christo verdrehte die Augen. „Ja, Alter, weil ich in ihre

Privatsphäre eindringe, nur damit ich mich besser fühle."

„Gutes Argument. Hast du schon mal darüber nachgedacht, in den Club zurückzukehren?"

Christo schüttelte den Kopf. „Nein. Können wir das Thema wechseln?"

„Natürlich, Kumpel."

Zehn Minuten später fuhren sie auf den Parkplatz des Radiosenders und Christo zögerte. Bertie wartete, bis er nickte. „Lass uns das tun."

Sie wurden von einem fröhlichen blonden Praktikanten namens Liam begrüßt, bei dessen guter Laune sie sich ein wenig entspannten. „Sobald ihr eure Studio-Ausweise habt, nehmt ihr den Fahrstuhl in den dritten Stock und folgt dem Gang zu Studio C. Noosh wird euch ab dort betreuen. Ihr könnt sie nicht übersehen – hübsch, sexy und im Moment im Rollstuhl."

Christo und Bertie nahmen den Fahrstuhl und Christo atmete langsam aus. Bertie grinste ihn an. „Es ist noch nicht zu spät auszusteigen."

Christo schüttelte den Kopf. „Es geht mir gut."

Sie folgten dem Gang und gelangten schließlich zur Tür von Studio C. Christo blieb mit trockenem Mund am Wasserkühler vor dem Studio stehen, als Bertie an die Tür klopfte und sie öffnete, um mit der Frau im Raum zu sprechen.

„Hey, bist du Noosh? Ich bin Bertie, Mr. Montecitos Begleiter."

Christo hörte eine sanfte Stimme. „Oh, hey, freut mich, dich kennenzulernen, ich bin Noosh Taylor. Kommt rein. Ally macht sich gerade fertig. Ich werde ihr sagen, dass ihr hier seid."

„Oh, brauchst du Hilfe?"

„Nein, es ist okay, ich gewöhne mich nur an dieses Ding. Ich brauche es nicht wirklich, aber Ally besteht darauf. Es dauert nur einen Moment."

Da war etwas Vertrautes an der Stimme und Christo trat in

den Raum, gerade als sich die Frau von ihm abwandte. Auf keinen Fall. Sein Herz begann schneller zu schlagen, als er das weiche, wellige Haar, das über ihren Rücken fiel, die karamellfarbene Haut und den kurvigen Körper, der jetzt im Rollstuhl saß, erkannte. *Wie? Warum?*

Er machte ein unfreiwilliges Geräusch und sie sah auf. Ihr Gesicht wurde blass, als sie ihn mit einer Mischung aus Entsetzen und Verblüffung anstarrte.

Sie war es. Sein süßes Mädchen.

KAPITEL 6

Noosh starrte ihn an und ihr Herz schlug schmerzhaft gegen ihre Rippen. Nach einem Moment erinnerte sie sich, wo sie war, und räusperte sich. Ohne zu lächeln, nickte sie ihm zu und wandte sich an Bertie. „Ally wird in einer Sekunde hier sein. Kann ich euch Kaffee anbieten?"

„Bitte mach dir keine Umstände", sagte Christo Montecito in seiner tiefen, sinnlichen Stimme und Noosh spürte, wie ihr Bauch vor Verlangen zitterte. Nein, das konnte nicht echt sein. Sie wich seinem intensiven grünen Blick aus, der neugierig auf ihr ruhte. Sie wusste, dass er sich über ihren Rollstuhl wunderte, und fühlte sich verlegen. Sie stand schwankend auf und sowohl Bertie als auch Christo traten vor, um ihr zu helfen. Sie winkte mit brennendem Gesicht ab. „Schon gut."

Ally öffnete ausgerechnet in diesem Moment die Tür – *verdammt* – und machte ein frustriertes Geräusch. „Schon wieder, Noosh? Was war unser Deal?"

Nooshs Gesicht brannte noch röter. „Ich habe nur geübt. Wie auch immer, unsere Gäste sind hier."

Ally wechselte sofort in ihren professionellen Modus. „Bertie, wie schön, dich wiederzusehen."

Bertie zwinkerte ihr zu. „Ally, du siehst gut aus. Darf ich dir meinen Freund Christofalo Montecito vorstellen?"

Ally schüttelte Christos Hand und Noosh konnte sehen, wie ihre Chefin ihn musterte. Sie riskierte einen weiteren Blick auf den Mann. Wenn das überhaupt möglich war, war er noch schöner als in ihrer Erinnerung. Er sah gesünder aus als an dem Tag, an dem sie ihn im Club getroffen hatte. Seine gebräunte Haut war glatt, sein Bart sauber gestutzt und seine dunklen Locken frisch gewaschen und sauber gebürstet. Noosh sehnte sich danach, ihre Finger hindurchgleiten zu lassen.

Hör auf. Du bist in keinem Zustand, um über Sex nachzudenken. Sie bemerkte, dass Ally mit ihr sprach, und lenkte ihre Aufmerksamkeit zurück zu ihrer Chefin. Ally versteckte ein Lächeln. Offensichtlich hatte sie ihre Hingerissenheit bemerkt. „Tut mir leid, Ally, ich habe nicht zugehört."

„Du wirst heute bei dem Interview dabei sein, Noosh."

Oh, verdammt nochmal. Sie konnte die Spannung zwischen ihnen kaum ertragen und musste die nächsten Stunden in seiner Nähe sitzen ...

Schlimmer noch, als sie in das kleine Studio kamen, gelang es Ally, Noosh neben Christo zu setzen, sodass sie seine Körperwärme spüren und seinen würzigen Duft einatmen konnte. Es machte ihre Sinne wild und sie kämpfte darum, die Fassung zu bewahren. Kurz bevor das Interview begann, blickte Christo zu ihr und sie sah ihm in die Augen. Sie konnte erkennen, dass er nervös war, und seltsamerweise spürte sie, dass er nach ihr Ausschau hielt. Sie schenkte ihm ein kleines Lächeln und ein Nicken und sah, wie sich seine Schultern entspannten. Es war nur ein Moment, aber sie fühlte sich ... Wie? Geschmeichelt? Glücklich? Sie konnte es nicht sagen.

Christo lieferte ein aufrichtiges, interessantes Interview. Er erzählte Ally von seinen Plänen, maßgefertigte Möbel herzustellen, und diskutierte die Veränderungen in seinem Leben und als

Ally ihn nach seinem Vater fragte, antwortete er offen und ehrlich.

„Ich behaupte nicht, dass ich nicht weiß, was für Geschäfte mein Vater macht, und ja, lange Zeit habe ich sein Geld genommen und die Augen davor verschlossen. Von jetzt an ... werde ich versuchen, das wiedergutzumachen. In vielerlei Hinsicht."

Ally nickte. „Gibt es etwas, das du bereust?"

Christo war lange Zeit still. „Ja, eine Sache. Eine Sache bereue ich sehr ... aber das hat nichts mit meinem Vater zu tun."

Noosh fühlte einen Stich – er redete jetzt offensichtlich von ihrer Begegnung im Club ... aber bedauerte er, dass er mit ihr geschlafen hatte, oder das, was danach passiert war?

OB ZUFALL ODER ABSICHT, Ally führte Bertie nach dem Interview aus dem Raum, um unter vier Augen mit ihm zu sprechen, und Christo blieb mit Noosh zurück. Gott, er hatte vergessen, wie schön und süß sie war. Ein paar Sekunden starrten sie einander an, dann lächelte er. „Hi."

„Hi." Ihre Stimme war vorsichtig, aber sanft. Er wollte sie so sehr berühren, ihr Gesicht streicheln, wie sie es bei ihm getan hatte, und ihr sagen, dass es ihm leidtat. Stattdessen berührte er die Armlehne ihres Rollstuhls.

„Was ist passiert?"

Noosh wich seinem Blick aus. „Ein Unfall."

„Das tut mir leid."

Noosh lachte seltsam auf. „Mir auch."

Wieder folgte eine lange Stille. „Noosh ... das ist ein ungewöhnlicher Name."

„Es ist die Abkürzung für Anoushka."

„Das gefällt mir."

Sie begegnete seinem Blick und er wollte nichts mehr, als

ihren süßen Mund küssen und sie in seinen Armen halten. Christo spürte, wie sein Blut durch seinen ganzen Körper pumpte. Sein Schwanz zuckte und reagierte auf sie. Er streckte die Hand aus und streichelte ihre Wange. „Noosh ..."

„Wie ich schon sagte, Bertie, ich wäre sehr dankbar, wenn du darüber nachdenken würdest."

Christo ließ seine Hand fallen, als Ally und Bertie zurückkehrten. Noosh starrte mit gerötetem Gesicht an die Wand. Als Ally und Bertie ihre Unterhaltung beendeten, verabschiedete sich Christo.

Noosh schüttelte seine Hand und er bückte sich, um ihre Wange zu küssen. So nahe bei ihr zu sein, war fast unerträglich für ihn, aber dann war es auch schon vorbei und er war wieder mit Bertie im Auto. Er hatte das Gefühl, dass ihm etwas fehlte, sobald er nicht mehr in ihrer Gesellschaft war.

Bertie warf ihm einen amüsierten Blick zu. „Du warst ziemlich angetan von der liebreizenden Noosh."

Christo sagte nichts, sondern warf ihm einen vielsagenden Blick zu. Nach einem Moment klappte Bertie der Unterkiefer herunter. „Nein. Auf keinen Fall. Sie ist das Mädchen aus dem Club?"

Christo nickte. „Sie war damals nicht im Rollstuhl ... etwas ist ihr zugestoßen. Ein Unfall, sagt sie, aber ... ich habe das Gefühl, dass mehr dahintersteckt."

„Aber sie ist es?"

Christo seufzte. „Ja, sie ist es."

ALLY ERWÄHNTE CHRISTO NICHT WIEDER, bis sie und Noosh am Abend zu Hause waren und zusammen Pizza aßen. Sie musterte Noosh, die ihren fragenden Blick spüren konnte. „Also, ich nehme an, du hast Christofalo Montecito schon einmal getroffen?"

Noosh seufzte. „Ja."

„Wann? Die Spannung zwischen euch war ja unverkennbar. Hast du mit ihm geschlafen?"

„Ally."

„Komm schon, gib mir Details." Ally grinste. „Der Mann ist wunderschön und steht eindeutig auf dich. Wieso gehst du nicht mit ihm aus?"

„Als wir uns begegnet sind ... Er war nicht derselbe Mann, den wir heute getroffen haben. Und außerdem war ich mit anderen Dingen beschäftigt. Zum Beispiel damit, fast ermordet zu werden."

Allys Lächeln verblasste. „Natürlich, Noosh, das habe ich nicht vergessen." Sie legte ihr Stück Pizza weg. „Hör zu, Seth und ich haben uns unterhalten ... Ich bin sicher, unsere Zuhörer würden gerne hören, wie es ‚Sarah' jetzt geht."

Noosh kaute nachdenklich. „Ich bin mir nicht sicher, ob ich bereit dafür bin, auf Sendung zu gehen", sagte sie langsam. „Seit ich angeschossen worden bin, habe ich viel nachgedacht. Vielleicht liegt meine Zukunft darin, im Hintergrund für dich zu recherchieren. Du weißt, dass ich verdammt gut darin bin." Sie grinste, aber Ally lächelte nicht.

„Anoushka Taylor, du wurdest für diesen Job geboren. Verdammt, ich habe dich seit dem ersten Tag darauf vorbereitet. Ich habe noch nie jemanden getroffen, der so talentiert, neugierig und hartnäckig ist. Sei ehrlich, Noosh – du hast Angst."

Noosh schluckte ihre Pizza herunter. „Ja", sagte sie aufrichtig. „Ich habe Angst, sobald ich morgens aufwache, dass derjenige, der mich töten wollte, den Job zu Ende bringt. Ich habe Angst, dass alles, wofür ich jemals gearbeitet habe, deswegen unerreichbar ist."

Ally stand auf und schlang ihre Arme um ihre junge Freundin. „Nichts ist unerreichbar. Wir werden die Polizei auffordern, endlich herauszufinden, wer dich verletzt hat. Es ist okay, Angst zu haben, lass dich nur nicht davon beherrschen."

Noosh fragte sich, ob das auch für Christo Montecito galt. Später, als sie im Bett lag, konnte sie nicht anders, als sich daran zu erinnern, wie er sie angesehen hatte. Sie erinnerte sich an seine Körperwärme, als er sich neben sie gesetzt hatte, und daran, wie ihre Sinne mit seinem frischen, sauberen Duft erfüllt gewesen waren. Die Art, wie er ihr Gesicht berührt hatte, kurz bevor sie unterbrochen worden waren ... Es schien eine Intimität zwischen ihnen zu geben und Noosh wollte sich daran festhalten, weil es so zerbrechlich und doch so richtig zu sein schien.

Ein Teil von ihr wünschte, sie könnte ihn jetzt anrufen und mit ihm reden. Sie wünschte, es wäre mehr zwischen ihnen und sie würden sich besser kennen, damit sie ihm die Hand reichen könnte. Sie würde alles darum geben, jetzt in seinen Armen zu sein.

Es ist lächerlich, ihn dir als deinen Ritter in glänzender Rüstung vorzustellen, besonders nach dem, wie er dich behandelt hat. Aber sie gab der Fantasie noch ein wenig nach und erinnerte sich daran, wie sein großer, dicker Schwanz in ihrem Inneren gewesen war, und an seinen Mund. Seine sexy, weichen Lippen auf ihren ...

Sie stöhnte, rollte sich hin und her und verdrängte die Gedanken. Ihr Rücken pochte vor Schmerz, und sie lenkte sich damit von Christo ab, um schließlich kurz vor Mitternacht einzuschlafen.

AM NÄCHSTEN MORGEN verschwanden alle Gedanken an Christo, als sie die Nachricht hörte, dass Destry Papps nun der offizielle Präsidentschaftskandidat seiner Partei war.

KAPITEL 7

Destry ging von der Bühne, während sein Publikum immer noch wild jubelte. Er grinste vor sich hin und tätschelte dann den Arm seines Assistenten. „Gerry, sie lieben mich."

„Das tun sie wirklich, Senator." Gervais ‚Gerry' Noll grinste seinen Chef an. Er war ehrgeizig aber freundlich und arbeitete seit Jahren mit dem Senator zusammen, so dass er alles miterlebt hatte, einschließlich der Scheidung und Destrys Affäre mit Anoushka Taylor. Gerry und Noosh waren Freunde geworden, aber Destry wusste, dass Gerry sie seit der Trennung – oder vielmehr seit Anoushkas Flucht – nicht mehr gesehen hatte.

Er hatte die unappetitlichen Details immer vor Gerry geheim gehalten – er wollte nicht, dass sein engster Berater und zukünftiger Stabschef, falls Destry die Wahl gewinnen sollte, davon erfuhr, wie schlecht er das junge Mädchen behandelt hatte oder dass er hinter dem Mordversuch an ihr steckte.

Als Destry herausfand, dass Noosh das Attentat überlebt hatte – wenn auch nur knapp – war er in Panik geraten. Würde sie zur Polizei gehen? Sie konnte schließlich nicht beweisen, dass er es gewesen war. War er dumm gewesen, die Tat selbst auszuführen? Nein, niemand konnte beweisen, dass er es war, und außerdem ... würde er die Erinnerung an jene Nacht für nichts eintauschen wollen.

Er hatte seinem Personal gesagt, dass er früh ins Bett gehen würde, aber stattdessen schlich er aus seinem Haus und stieg in den Mietwagen, den seine Kontaktperson für ihn besorgt hatte. Er fuhr fast vier Stunden zu ihrer Wohnung, dann brach er mühelos dort ein und wartete. Als sie nach Hause gekommen war, hatte er sie eine Weile aus seinem Versteck im Schrank aus beobachtet, und als sie auf ihrer Couch eingeschlafen war, ging er zu ihr und sah auf sie hinunter.

So schön ... ihr langes dunkles Haar umgab ihren Kopf wie eine Wolke. In der Spätherbsthitze hatte sie die Decke von sich weggetreten und ihr Oberteil war hochgerutscht, so dass er einen köstlichen Blick auf ihren Bauch bekam. Destry hatte gespürt, wie sein Schwanz hart wurde. Er konnte nicht riskieren, sie zu ficken und seine DNA zu hinterlassen ... er sagte ihren Namen in der Hoffnung, dass sie aufwachen und ihr bewusstwerden würde, dass sie ermordet wurde ...

Als sie die Augen öffnete, grinste er, richtete die Waffe auf ihren Bauch und drückte den Abzug. Noosh hatte geschockt nach Luft geschnappt, als die Kugel in ihre weiche Haut drang und Blut aus der Wunde strömte. Ihre Atmung wurde schnell mühsam, aber Destry konnte sich nicht von ihr losreißen. Er wusste, er sollte eine Kugel in ihren hübschen Kopf jagen, aber er brachte es nicht über sich, all diese Schönheit zu ruinieren. Stattdessen drückte er den Lauf seiner Pistole gegen ihren Bauchnabel und feuerte noch zweimal, wobei ihr schöner Körper von dem Aufprall zuckte. So viel Blut. Noosh wurde ohnmächtig und Destry wusste, dass sie die schrecklichen

Verletzungen, die er ihr zugefügt hatte, unmöglich überleben konnte.

Als er sie zum Sterben zurückließ, bückte er sich und küsste sie einmal schnell auf den Mund. „Ich habe dir gesagt, dass ich dich töte, wenn du mich jemals verlässt, Anoushka."

Aber sie hatte überlebt. Ein neugieriger Nachbar hatte gesehen, wie er ihre Wohnung verließ – glücklicherweise war er maskiert gewesen – und hatte die Polizei gerufen. Als er nach Washington zurückfuhr, überflog er die Lokalnachrichten, um zu sehen, ob der Vorfall erwähnt wurde.

Nur ein paar Tage später fand er etwas im Internet. Einen kurzen Text, der ganz unten auf der Webseite der *New York Times* versteckt war.

E*INE JUNGE BRITISCH-INDISCHE* F*RAU*, *die in New York arbeitet, wurde am Mittwochabend in ihrer Wohnung in Queens von einem Eindringling angeschossen. Die junge Frau namens Sarah Marsh schlief zu der Zeit – die Polizei sagt, dass es kein Raubüberfall war und das Opfer in einem kritischen Zustand in ein städtisches Krankenhaus eingeliefert wurde.*

S*ARAH* M*ARSH*? *Das ist also der Name, den du dir gegeben hast, um mir zu entkommen*, dachte Destry, aber es ärgerte ihn, dass sie überlebt hatte, auch wenn sie in einem kritischen Zustand war. Das kam davon, dass er keinen Profi angeheuert, sondern es selbst erledigt hatte. Er wusste, er hätte das nicht tun sollen, aber trotzdem …

Seit dem Angriff, war er ihr ferngeblieben. Sein Stern am Himmel der Politik stieg immer höher und ein Skandal war undenkbar, wenn er Präsident werden wollte. Dass Noosh der

Polizei nichts von ihm erzählt hatte ... nun, er konnte verstehen, warum sie es nicht getan hatte. Wer würde ihr schon glauben? Selbst ihre Eltern, die ihn leidenschaftlich hassten und wohl ahnten, dass er es gewesen war, hatten der britischen Presse nichts gesagt. Destry wusste, dass Noosh es ihnen verboten haben musste.

Destry war tief in Gedanken versunken. Wenn er Präsident war – und er wusste, dass er es im November sein würde –, konnte er sicherstellen, dass sie für immer zum Schweigen gebracht wurde. Er konnte sich jetzt keine Kontroversen leisten. Er würde sie denken lassen, dass er es nicht noch einmal versuchen würde. Er würde sie denken lassen, dass sie in Sicherheit war. Und dann würde er ihr alles nehmen, so wie sie es bei ihm getan hatte.

Ich werde dich leiden lassen, Anoushka. Mach das Beste aus der Zeit, die du noch hast, mein schönes Mädchen ...

Noosh sah einen Umschlag auf ihrem Schreibtisch, als sie am nächsten Morgen in ihrem Rollstuhl ins Büro kam. „Du hast Blumen bekommen", sagte Liam und folgte ihr. In seiner Hand hielt er einen riesigen Strauß rosafarbener Pfingstrosen. Noosh nahm sie von ihm entgegen.

„Mein Gott, sie sind wunderschön."

„So wie du", sagte Liam ernst. „Wenn ich nicht schwul wäre, würde ich mich in dich verlieben, Nooshy."

Noosh kicherte. Sie und Liam hatten immer miteinander geflirtet in dem Wissen, dass sie beide Männer mochten. „Du bist fürchterlich", neckte sie ihn und er grinste.

„Komm schon, öffne die Karte. Ich will wissen, von wem sie kommt."

Noosh verdrehte die Augen und nahm den Umschlag. Er war aus schwerem, teurem Papier und cremefarben. Die Schrift auf dem Umschlag war fließend und selbstsicher. *Noosh ...*

Sie bemerkte einen schwachen, würzigen Duft, der von dem Papier aufstieg, und ihr Herz begann schneller zu schlagen. Sie zog die Karte heraus.

Christo hatte nur ein paar Sätze geschrieben, aber ihr wurde schwindelig davon.

BEZAUBERNDE NOOSH,

ICH KANN NICHT *in Worte fassen, wie glücklich ich darüber bin, dich wiederzusehen. Ich will mich seit Monaten für mein entsetzliches Verhalten in jener Nacht entschuldigen, und jetzt scheint es nicht genug zu sein, zu sagen, dass es mir leidtut.*

Das Einzige, was ich in meinem Leben bedauere, ist, dass ich dich in jener Nacht gehen ließ. Kannst du mir vergeben?

Bitte rufe mich an.

Ich kann nicht aufhören, an dich zu denken.

DEIN
    Christofalo Montecito

IHRE KNIE ZITTERTEN und ihre Beine fühlten sich schwach an. Er war so formell, fast altmodisch. ‚*Ich kann nicht aufhören, an dich zu denken.*' ‚Ich auch nicht', dachte sie und grinste vor sich hin.

„Nun?"

Sie hatte vergessen, dass Liam im Raum war. Sie lächelte ihn an. „Von Mr. Montecito. Er bedankt sich, dass ich mich gestern um ihn und Mr. Franklin-Hart gekümmert haben. Das ist nett von ihm."

Liam grinste. „Ich wusste es. Ich wusste, dass ein reicher

Kerl einen Blick auf dich werfen und dich auf der Stelle heiraten wollen würde. Er ist so süß."

„*Süß?*", wiederholte Noosh lachend, während Liam die Augen verdrehte. „Du klingst wie ein Sechsjähriger."

„Sei nicht so zynisch. Okay, dann ist er eben verdammt heiß, ist das besser?"

„Viel besser."

Liam setzte sich auf ihren Schreibtisch und musterte sie. „Du solltest ihn dir nehmen."

Eine Sekunde lang fragte sich Noosh, wie Liam reagieren würde, wenn sie ihm sagte, dass sie das bereits getan hatte. Nein. Das war ihr Geheimnis, ihres und Christos.

„Hat er dich gebeten, ihn anzurufen? Ich wette, dass er es getan hat."

„Kümmere dich um deine eigenen Angelegenheiten."

Liam grinste nur.

DANACH KONNTE Noosh sich auf nichts mehr konzentrieren. Sie las den Text immer wieder und fühlte sich wie ein liebeskrankes Schulmädchen, aber trotzdem konnte sie es nicht über sich bringen, ans Telefon zu gehen. Was zur Hölle sollte sie sagen?

Eine Entscheidung, zu der sie sich allerdings durchringen konnte, war, den Rollstuhl loszuwerden, egal was Ally sagte. Noosh hatte heute ihren Gehstock mitgebracht und obwohl ihr Rücken schmerzte, fühlte es sich gut an, ihre Muskeln zu trainieren, die fast verkümmert waren. Sie stellte sicher, dass sie heute überall zu Fuß hinging, und sagte sich, dass es nicht nur deshalb war, weil sie viel zu erledigen hatte. Sie musste Energie loswerden.

Es war fünf Uhr abends, als Liam von der Rezeption anrief. „Noosh, es gibt eine Lieferung für dich, aber der Typ sagt, dass du persönlich dafür unterschreiben musst."

„Gott, noch mehr Blumen?"
„Nein, Süßigkeiten. Kannst du runterkommen?"
„Ich bin gleich da."

NOOSH NAHM DEN FAHRSTUHL – sie war auf den Beinen noch nicht sicher genug für die Treppe – und humpelte zur Rezeption. Liam war nirgendwo zu sehen. Sie sah sich um und hörte eine Stimme hinter sich.

„Es tut mir leid. Ich habe ihn dazu gebracht, das zu sagen."

Sie drehte sich um und sah Christo, der sie anlächelte. Gott, dieses Lächeln – jungenhaft und warm zugleich. Er trat zu ihr.

„Ich wusste, du würdest nicht anrufen, und dachte, ich sollte dir die Möglichkeit geben, mir persönlich zu sagen, dass ich dich in Ruhe lassen soll."

Er war ihr jetzt ganz nahe und Noosh blickte zu ihm auf.

„Willst du, dass ich dich in Ruhe lasse, Noosh?"

Sie schüttelte den Kopf und er lächelte. Sie schwankte, als ihre Beine zitterten, und er legte seine Hände um ihre Taille, stützte sie und zog sie an seinen harten Körper. Dann streichelte er ihr Gesicht. „Ich hasse es, dass du verletzt wurdest."

„Keine große Sache." Ihre Stimme klang rau, aber alles, woran sie denken konnte, war, wie schön es war, in seinen Armen zu sein. Sie konnte nicht aufhören, in seine Augen, die so weich und voller Süße waren, zu blicken. Er sieht *mich* so an, dachte sie und eine Sekunde später, als er seinen Kopf neigte und seine Lippen auf ihre drückte, gab sie ein unwillkürliches Stöhnen der Begierde von sich.

„So", flüsterte er, „genau *so* fühle ich mich bei dir."

Er küsste sie erneut. Seine Lippen waren diesmal fester und seine Zunge glitt in ihren Mund, um ihre zu streicheln, während seine Finger durch ihre langen Haare strichen. „Gott, Noosh ... *Noosh* ..."

Sie wollte, dass er sie überall berührte, während er ihren Namen immer wieder flüsterte, aber dann erinnerte sie sich daran, dass sie immer noch an der sehr öffentlichen Rezeption waren. Widerstrebend löste sie sich und lächelte ihn an. „Vielleicht sollten wir an einen ... äh ... privateren Ort gehen."

Christo grinste. „Das klingt vielversprechend. Wie wäre es, wenn ich dich zum Abendessen einlade?"

„Das wäre großartig. Lass mich nur meine Tasche holen."

„Nicht nötig." Liam tauchte plötzlich aus dem Nichts auf. Er grinste sie an und reichte Noosh ihre Tasche. „Hier, Süße, ich dachte, du könntest das brauchen. Ally wünscht euch einen schönen Abend."

Noosh warf ihm einen finsteren Blick zu. „Das alles scheint sehr gut ... geplant zu sein."

Christo lachte. „Gib Liam nicht die Schuld, sondern mir. Ich habe meine Spione ein paar Tage auf dich angesetzt – und Liam ist bemerkenswert leicht zu bestechen."

Noosh starrte sie einen Moment lang an und lachte dann. „Nun, dann solltest du mir ein *wirklich* gutes Abendessen spendieren, Montecito."

„Sei vorsichtig, sie kann einen ganzen Wasserbüffel verschlingen." Liam duckte sich vor Nooshs Ellbogen. Christo grinste und bot Noosh seine Hand an.

„Sollen wir gehen?"

KAPITEL 8

Christo führte sie zu seinem wartenden Auto und half ihr beim Einsteigen. „Sitzt du bequem?"

Sie strahlte ihn an und konnte kaum glauben, dass all das echt war. „Ja." Der Mercedes hatte breite, gemütliche Ledersitze, aber Noosh sah sich kaum um. Sie hatte nur Augen für den Mann, der neben ihr saß. Er hielt ihre Hand, während er fuhr. Vermutlich verstieß er damit gegen irgendein Gesetz, aber es schien ihn nicht zu kümmern. „Wohin bringst du mich?"

„Nun, ich dachte an einen ruhigen Ort, wo wir reden können."

„Klingt gut."

Christo hielt an einer roten Ampel, beugte sich vor und küsste sie wieder. „Gott, Noosh, ich träume seit Monaten davon, dich zu küssen."

„Ich auch", flüsterte sie und grinste. „Grün."

„Was?"

„Die Ampel ist grün." Sie kicherte, als er in eine sitzende Position zurückschoss und entschuldigend die Hand hob, als die Autos hinter ihnen hupten. Noosh grinste ihn an und er zuckte mit den Schultern und lächelte zurück.

„Wenn sie sehen könnten, wen ich küsse, würden sie es verstehen."

Sie errötete bei dem Kompliment und wagte es, ihre Hand auf seinen Oberschenkel zu legen. Er lächelte sie an. „Süße ... ich habe nachgedacht ... Was, wenn wir das Abendessen verschieben ..."

„... und direkt zu deiner Wohnung fahren? Ich denke, das ist eine großartige Idee." Noosh errötete wie verrückt, aber sie wusste, dass er das Gleiche dachte.

Seine Augen schienen sich vor Verlangen zu verdunkeln und einen Moment lang wurde Noosh etwas nervös. „Christo ... wegen meiner Verletzung ..."

„Baby, wir müssen nichts tun, wozu du nicht bereit bist", sagte er mit ruhiger Stimme. „Ich will nur bei dir sein."

Noosh nickte und fühlte, wie Tränen in ihre Augen stiegen. *In einer Minute*, dachte sie, *werde ich aufwachen und feststellen, dass ich das alles geträumt habe. Dass wir uns nicht gefunden haben, dass wir nicht so viel Glück hatten ...*

Aber es war kein Traum und als Christo sie zu seiner Wohnung brachte, spürte sie, wie sich ihr ganzer Körper nach seiner Berührung sehnte. In dem weitläufigen Apartment nahm er ihr den Mantel ab, schlang seine Arme um sie und blickte auf sie herab. „Hallo nochmal", sagte er leise, „ich bin Christo."

„Anoushka ... Noosh."

„Noosh ..." Seine Lippen waren fest gegen ihre gepresst und seine Hände strichen über ihre Seiten. „Noosh, willst du dich mit mir ausziehen?"

Sie stieß ein Stöhnen reinen Verlangens aus und er hob sie hoch. Nooshs verletzter Rücken protestierte, aber es war ihr egal. Sie wollte diesen Mann so sehr, wie er sie wollte.

In seinem Schlafzimmer, das in Marineblau und Grau gehalten und mit handgefertigten Möbeln eingerichtet war, legte er sie auf das Bett und begann langsam, ihr Kleid aufzuknöpfen. Er schob den Stoff zur Seite und küsste jeden Zentimeter ihrer ungeschützten Haut. Als er den Spitzenstoff ihres BHs herunterzog und seinen Mund an ihre Brustwarze legte, schloss Noosh die Augen und atmete tief durch. Gott, die Art, wie seine Zunge um die kleine Knospe herumwirbelte und sie hart und empfindlich machte, ließ sie fast weinen. Er arbeitete sich ihren Körper hinunter und sein Mund liebkoste jede ihrer Brüste, aber als er ihren Bauch erreichte, hielt er inne.

„Was ist das?"

Noosh musste nicht einmal hinsehen. Er hatte die Narben entdeckt und jetzt gab es keinen anderen Weg, als ihm die Wahrheit zu sagen. „Das sind die Narben von meiner Operation."

Christo sah sie an. „Das sind Schusswunden."

Sie nickte. „Ich wurde angeschossen. Jemand ist bei mir eingebrochen und hat mich angeschossen, als ich geschlafen habe."

Christos Blick war voller Entsetzen. „Was?"

Noosh wusste nicht, was sie sagen sollte. „Irgendein ... Typ ... entschied, dass er jemanden in jener Nacht töten wollte, und ich hatte einfach Pech." Sie log, denn sie wusste, wer sie angeschossen hatte, aber bei der Wut auf Christos Gesicht wurde ihr klar, dass sie es ihm niemals sagen würde. Wie konnte es sein, dass sie diesem Mann schon so wichtig war?

„Jesus ..." Er zeichnete die Narben nach. „Das war also dein Unfall?" Sie nickte. „Wie lange ist das her?"

Sie versuchte zu lächeln. „Es war ungefähr zwei Wochen, nachdem wir uns kennengelernt hatten."

Christo streichelte ihre Wange. „Gott ... Noosh ... Es tut mir so leid."

Sie bewegte sich näher an ihn heran und ihre nackte Haut drückte sich gegen seinen noch bekleideten Körper. „Es ist jetzt vorbei, ich bin wieder gesund. Das heißt, ich bin noch dabei, wieder gesund zu werden ...", korrigierte sie sich und er seufzte.

„Wie geht es dir? Sei ehrlich. Ich will nicht, dass wir zu weit gehen und deine Gesundheit riskieren."

Sie seufzte und nickte. „Es ist schon besser geworden, aber ich habe immer noch Probleme mit meinem Rücken. Die Ärzte haben mir gesagt, dass ich noch etwas Geduld brauche ..."

„Ich habe dir gesagt, dass wir nichts tun müssen und dass ich warten kann." Christo presste seinen Mund auf ihren und sein Kuss ließ sie atemlos zurück.

„Berühre mich einfach ... bitte", murmelte sie gegen seinen Mund und spürte, wie sich seine Lippen zu einem Lächeln verzogen.

„Es wäre mir eine Freude." Er rollte sie auf den Rücken und vergewisserte sich, dass sie sich wohlfühlte. „Lehn dich einfach zurück und lass mich die ganze Arbeit machen ..."

Er erkundete ihren Körper weiter und küsste ihren Hals, ihre Brüste und ihren Bauch, bis seine Finger sich an den Seiten ihres Höschens einhakten und es sanft über ihre Beine zogen.

Sobald seine Zunge ihre Klitoris berührte, zitterte Noosh vor Vergnügen. Der Mann war eindeutig ein Experte. Als er seine Zunge in ihr Zentrum tauchte, vergaß Noosh ihre Rückenschmerzen und alles andere außer ihm, und als sie sich einem erschütternden Orgasmus näherte, schrie sie immer wieder seinen Namen.

Sobald sie wieder zu Atem kam, zog sich Christo schnell seine Kleider aus und wiegte sie in seinen Armen. Seine Lippen waren auf ihren und sie konnte seinen riesigen Schwanz spüren, der sich hart gegen ihren Bauch presste. „Ich will dich schmecken, Baby."

Sie bewegte sich seinen Körper hinab und nahm seinen Schwanz in ihren Mund. Ihre Lippen strichen über seine breite

Spitze, dann leckte sie den salzigen Liebestropfen weg und zog ihre Zunge über die dicke Länge. Verdammt, sie wollte ihn in sich haben, aber bis sie wieder geheilt war, würde es höllisch wehtun.

Sie saugte und schluckte seinen Samen hinunter, als er kam, während er sich stöhnend unter ihr wand. Als er wieder zu Atem kam, zog er sie in seine Arme. „Meine Güte, Noosh ... Gott sei Dank haben wir uns wiedergefunden."

Sie küsste ihn. „Gott sei Dank, in der Tat." Sie kuschelte sich in seine Arme und spürte wieder, wie perfekt ihre Körper zusammenpassten. Sie lachte leise und er lächelte sie an.

„Was?"

„Es ist nur ... wir wissen nichts voneinander, und doch fühlt es sich so ... natürlich an."

Christo lachte. „Ich verstehe, was du meinst ... und wir haben alle Zeit der Welt. Außerdem wissen wir einiges übereinander. Ich weiß, dass du es magst, wenn ich deinen Bauch und deinen Nacken küsse. Ich weiß, dass du deinen Job liebst – das war gestern klar."

„Hast du Ally gemocht?"

„Sehr. Ich wusste, dass sie hart nachfragen würde, und das zu Recht." Sein Lächeln verblasste ein wenig. „Es gibt eine Menge Dinge in meiner Vergangenheit, für die ich mich schäme, Noosh, aber nicht mehr als für das, was ich dir in jener Nacht angetan habe."

Noosh umschloss sein Gesicht mit ihrer Handfläche. „Sag mir, was in jener Nacht mit dir los war."

Also erzählte Christo es ihr. Sie redeten bis spät in die Nacht und hielten nur ab und zu inne, um sich zu küssen und zu streicheln. Noosh spürte, wie sich etwas in ihrer Seele veränderte, und sie wollte nicht, dass diese Nacht jemals zu Ende ging. Sie bestellten um 2 Uhr morgens Pizza. Christo verwöhnte sie noch einmal mit seinem Mund, während sie auf die Lieferung warteten, dann ließen sie es sich schmecken, während sie miteinander scherzten und lachten.

SIE SCHLIEFEN SCHLIESSLICH bei Einbruch der Dämmerung ein. Nach dem Aufwachen duschten sie zusammen und frühstückten Rührei, bevor Christo sie zurück in Allisons Wohnung brachte. Als sie durch die Straßen von Manhattan fuhren, fragte Christo sie nach ihrem Zuhause in London und sie erzählte ihm, so viel sie konnte.

„Warum habe ich den Eindruck, dass du etwas auslässt? Warum bist du von dort weggegangen? Warum bist du nach New York gekommen?"

Noosh zögerte. „Ich *musste* weg. Lass uns einfach sagen, dass eine Beziehung schiefgelaufen ist und ich gehen musste."

Christo hielt an und drehte sich zu ihr um. „War es dein Ex-Freund, der dich angeschossen hat?" Sein Gesicht war hart und Noosh konnte ihn nicht anlügen. Sie nickte. *Bitte frag mich nicht, wer er ist.*

Aber sie wusste, dass er es tun würde. „Wer?"

Einen Moment lang war sie still. „Ich kann es dir nicht sagen. Wenn ich es tun würde, wäre auch dein Leben in Gefahr."

Christo musterte sie und sein Gesichtsausdruck war immer noch hart. „Glaubst du, er wird es noch einmal versuchen?"

Sie lächelte ihn traurig an. „Ich weiß es."

„Das wird nicht passieren."

Noosh berührte sein Gesicht. „Du musst dir keine Sorgen machen. Ich habe schon einmal überlebt."

„Die Polizei weiß davon, oder?"

Sie nickte. „Sie können nichts tun. Es gibt keine Beweise."

Christo gab ein frustriertes Zischen von sich. „Noosh ..."

„Christo, bitte. Letzte Nacht war für mich die glücklichste

seit Jahren, aber wenn wir ehrlich sind, sind wir einander immer noch fremd. Konzentrieren wir uns nur darauf, uns kennenzulernen – wenn es das ist, was du willst, meine ich." Ihre Stimme zitterte, als ihr Selbstvertrauen plötzlich sank, aber Christo lächelte sie an.

„Nichts lieber als das. Noosh, musst du dieses Wochenende arbeiten?"

Sie schüttelte den Kopf, und er hob ihre Hand an seine Lippen und küsste sie. „Würdest du es mit mir verbringen? Ich möchte dich zu meinem Haus außerhalb von New York bringen. Dort ist meine Werkstatt und du kannst sehen, wie ich wirklich gerne lebe."

Noosh lächelte zurück. „Das klingt wunderbar."

Am Eingang ihres Wohnblocks küsste er sie und lehnte seine Stirn gegen ihre. „Ich hasse es, dich zu verlassen, aber ich weiß, dass du arbeiten musst. Kann ich dich später anrufen?"

„Ich kann es kaum erwarten", flüsterte sie und er lächelte.

„Bis später."

Sie verabschiedeten sich und Christo wartete, bis sie sicher im Haus war, bevor er wegfuhr. Noosh winkte zum Abschied und stieg dann in den Aufzug. Er fehlte ihr sofort. Plötzlich wurde ihr noch etwas klar. Sie hatte ihren Stock bei ihm vergessen. Sie grinste vor sich hin, testete ihre Beine und hüpfte vorsichtig von einem auf das andere. Ja, ihr Rücken protestierte immer noch, aber sie fühlte sich anders. Besser – vielleicht durch das neue Selbstvertrauen, das ihr die letzte Nacht gegeben hatte.

Ally war bereits zur Arbeit gegangen und hatte Noosh in der Wohnung eine Notiz hinterlassen, die besagte, dass sie ruhig etwas später als sonst zum Radiosender kommen könne. Normalerweise war Noosh früher da als irgendjemand sonst, aber heute kam ihr Allys Angebot gerade recht und sie nahm ein langes Bad in der Hoffnung, ihre Rückenschmerzen lindern zu können. Dann rief sie ihre Ärztin an und fragte, ob sie irgendetwas tun könne, um ihre Genesung zu beschleunigen.

„Nun, das ist ein gutes Zeichen", sagte Beth fröhlich. „Sie klingen motivierter denn je. Es ist fast sieben Monate her, also sollten Sie allmählich Verbesserungen bemerken. Aber ja, ich denke, Sie könnten etwas zur Heilung beitragen – vielleicht ein oder zwei Yogakurse pro Woche und Schwimmen. Versuchen Sie noch nicht, Joggen zu gehen, das ist vielleicht zu viel im Moment."

Noosh lachte und fühlte sich beschwingt bei dem Gedanken, ihre Situation zu verbessern. „Ich habe Joggen schon gehasst, bevor ich angeschossen wurde, also wird es nicht schwer sein, darauf zu verzichten. Aber Yoga und Schwimmen klingt gut. In meinem Apartmenthaus gibt es einen Pool und meine Chefin macht Yoga. Bestimmt kann sie mich in einen ihrer Kurse mitnehmen."

„Wow." Beth klang amüsiert. „Was ist passiert? Nicht, dass ich über so viel Motivation nicht glücklich bin, aber was ist der Grund dafür?"

Ein hinreißender Mann, dessen prachtvollen Schwanz ich unbedingt reiten will. Noosh biss sich auf die Zunge und grinste vor sich hin. „Ich will einfach mein Leben zurückbekommen."

„Das freut mich."

Noosh hielt inne. „Hören Sie, wenn Sie nicht mehr meine Ärztin sind, sollten wir zusammen etwas trinken gehen. Ich schulde Ihnen etwas."

Beth lachte. „Es ist mein Job, anderen zu helfen, aber ja, das wäre nett. Sie haben meine Handynummer."

Er beobachtete aus dem Sedan mit den getönten Scheiben, den er gemietet hatte, wie sie in das Taxi stieg. Es wurde immer schwieriger, diese Exkursionen zu unternehmen, ohne es jemandem zu sagen. Er hatte schon jede Menge Prepaid-Handys verbraucht, um seine Spuren zu verwischen, aber der Secret Service war unruhig, seit er offiziell nominiert worden war. Destrys Hände packten das Lenkrad und sein Zorn brannte in ihm. Er hatte gesehen, wie der Mercedes vor ein paar Stunden angehalten hatte und sie ausgerechnet Christofalo Montecito geküsst hatte. Dieser Bastard hatte seine Hände an Destrys Eigentum gehabt. Er und Christo hatten eine gemeinsame Vergangenheit – ja, es war lange her, aber trotzdem ... Christo war damals als Sieger hervorgegangen und jetzt fickte er Anoushka.

Nein, das ist gut, dachte er. Sie sollten ihren Moment haben und sich verlieben. Denn am Ende würde Destry einen Doppelsieg erringen, wenn Christo den Tod seiner Anoushka betrauerte. Ja, das war es.

Aber damit allein war Destry nicht zufrieden. Er wollte, dass Noosh Angst hatte. Sie sollte wissen, dass er sie beobachtete. Er wollte sie testen.

Und er wusste genau, wie er das tun würde.

KAPITEL 9

Fogliano Montecito hörte sich das Radio-Interview mit seinem einzigen Sohn mit neutralem Gesicht an. Er musste zugeben, dass Christo sehr gut rüberkam. Er schaffte es sogar, die schwierigen Fragen über Foglianos Geschäft zu beantworten, ohne seinen Vater anzugreifen, was dieser erstaunlich fand.

Und *rührend*. Seit jener Nacht in der Villa, als er seinen Sohn geschlagen und vor seinen Freunden und seiner Familie gedemütigt hatte, hatte Fogliano nicht schlafen können. Was hatte Christo getan, um so etwas zu verdienen? Nichts. Aber Fogliano, der das verächtliche Grinsen der anderen Familienoberhäupter befürchtete, hatte nur an sich selbst gedacht. Und was noch schlimmer war, er hatte gewusst, dass Christo ihn verraten und weggehen würde.

Verrat. Fogliano schüttelte den Kopf. Wegzugehen, um schöne, maßgefertigte Möbel herzustellen, war wohl kaum Verrat. Er musste auch zugeben, dass er Christo dafür bewundert hatte, sich befreien zu wollen – er wusste, dass sein Sohn ernsthafte moralische Bedenken über einige von Foglianos Praktiken hatte.

Fogliano war selbst in dieses Leben hineingeboren worden. Sein Vater Fausto, ein Einwanderer aus Sizilien, war vor siebzig Jahren nach New York gekommen und damals bereits Consigliere für Maximo Gaboni gewesen. Als Max, der kinderlos geblieben war, Fausto zu seinem Erben ernannte, hatte er die Führung der Familie übernommen.

Fogliano war der Vertraute seines Vaters gewesen und hatte gehofft, dass Christo das Gleiche für ihn sein würde. Jahrelang war sein Sohn dagewesen, um ihn zu beraten – in rechtlichen Angelegenheiten. Christo war sehr darauf bedacht, sich niemals in die gewalttätige Seite des Geschäfts einzumischen, und jetzt, da Fogliano zurückblickte, sah er, dass sein Sohn schon in jungen Jahren entschlossen gewesen war, einen anderen Weg einzuschlagen.

Aber Fogliano war ein stolzer Mann und in jener Nacht auch noch betrunken gewesen. Er hatte bei seiner Machtdemonstration seinen Sohn verloren. *Gottverdammt.*

Er kontaktierte seinen Stellvertreter, einen ernsten jungen Mann namens Lucio, und bat ihn, Christo anzurufen. „Sag ihm, dass ich ihn gerne treffen würde."

Zehn Minuten später meldete sich Lucio wieder bei ihm. „Er lehnt respektvoll ab, Don Montecito."

Fogliano seufzte, aber er war nicht überrascht. „Dann müssen wir das anders machen. Lass ihn beschatten – unauffällig aus der Ferne. Ich will wissen, wie sein Tagesablauf aussieht, wer seine Freunde sind und ob er eine Affäre hat."

„Ja, Sir."

Fogliano lehnte sich zurück. Wenn sein Sohn nicht auf ihn zugehen wollte, dann musste er es tun. Indem er so viel wie möglich darüber herausfand, wie Christo jetzt lebte, würde er einen Weg finden, wieder eine Verbindung zu ihm herzustellen. Er war noch nicht bereit, Christo aufzugeben – weil er seinen einzigen Sohn trotz allem liebte.

. . .

Noosh verzog das Gesicht, als sie in den Besprechungsraum ging und feststellte, dass alle sich die Pressekonferenz ansahen, die Destry gerade abhielt. Sie warf ihre Tasche auf den Tisch und nickte Ally zu, die lächelte und sich wieder dem Fernseher zuwandte.

Selbst der Klang von Destrys Stimme ließ Noosh mit den Zähnen knirschen. Sie schaute auf den Flachbildschirm. *Wie konnte ich dich jemals attraktiv finden?,* dachte sie und seufzte. Sie hatte ihn nie attraktiv gefunden – er hatte sie mit seinen Annäherungsversuchen regelrecht überrollt. Sie hatte in ihrer Beziehung nichts zu sagen gehabt. Der Angriff auf sie kam ihr in den Sinn und sie zuckte zusammen. Ihr Magen drehte sich bei der Erinnerung um. Sie wusste, dass er es war. Er hatte keinen Auftragsmörder geschickt, weil er es selbst tun wollte. Sie erinnerte sich an den Schmerz der ersten Kugel, die sich in ihren Bauch gerammt hatte, dann der kalte Gewehrlauf gegen ihren Bauch und das Feuer, das in ihr explodierte, als er wieder eiskalt abdrückte. Noosh war schlecht.

„Alles okay?" Liam stupste sie an, aber sie nickte nur und sah zurück auf den Fernseher. Destry spielte die Rolle des perfekten Kandidaten und sein Gesicht hatte einen ernsthaften, aber fürsorglichen Ausdruck angenommen.

„Ich hoffe, dass diese Initiative ein für alle Mal die Herzen und Köpfe der Menschen erreicht und sie für diese gefährliche Situation sensibilisiert."

Noosh beugte sich zu Liam hinüber. „Worüber redet er?"

„Eine neue Anti-Gewalt-Kampagne. Er thematisiert gezielt Waffenkriminalität gegen Frauen."

Noosh starrte Liam an, als wäre er verrückt geworden. „Soll das ein Scherz sein?"

„Shhh."

Noosh starrte wieder auf den Fernseher. Destry machte nun ein trauriges Gesicht. *Verschlagener Bastard.* Nooshs schwitzende Hände ballten sich unter dem Tisch zu Fäusten.

„Angesichts der vielen Gewehre und Pistolen in Privatbesitz erleben wir zu oft, dass Auseinandersetzungen unter Einsatz von Schusswaffen zu Mord führen."

„Weil es nicht so schlimm ist, wenn ein Verrückter seine Partnerin schlägt, würgt oder auf andere Weise missbraucht, nicht wahr, Arschloch?", sagte Noosh bitter. Ally warf ihr einen seltsamen Blick zu und Noosh wurde klar, dass sie zu viel gesagt hatte. Unparteilichkeit. Das Mantra eines jeden Journalisten.

Sie wollte aufstehen und schreien, dass dieser Mann sie schrecklichen Misshandlungen ausgesetzt hatte, noch bevor er in ihr Haus eingebrochen war und versucht hatte, sie zu töten. Dass er der letzte Mensch auf der Welt war, der sich über Gewalt gegen Frauen ereifern sollte. Ihre Nägel gruben sich in ihre Handflächen.

Trotzdem wusste sie, dass ihr niemand glauben würde. Und wenn er jemals Wind davon bekam, dass sie über ihn gesprochen hatte, würde Destry zurückkommen, um sie endgültig zu erledigen – und sie diesmal noch mehr leiden lassen.

Noosh lenkte ihre Aufmerksamkeit zurück auf den Bildschirm. Destry hielt inne und sah das Publikum eindringlich an.

„Es gibt zu viele Opfer, zu viele Menschen, die es verdienen, gehört zu werden, und es scheint falsch, irgendeinen Fall hervorzuheben. Aber ich habe vor ein paar Tagen eine nächtliche Radiosendung hier in New York gehört, wo es um eine junge Frau ging, die in ihrer Wohnung angeschossen und fast getötet wurde."

Nein. Das konnte nicht passieren. Er würde sie nicht wirklich live im Fernsehen ansprechen, oder? Er würde es nicht *wagen* ... Noosh wurde bewusst, dass alle im Raum sie ansahen.

Destry lächelte freundlich in die Kamera. „Sarah Marsh

wurde vor sechs Monaten fast durch Waffengewalt getötet und war so freundlich, in den letzten Monaten ihre Erfahrungen mit den Zuhörern von Allison Monroes Radiosendung *Late Night with Ally* zu teilen. Soweit ich weiß, ist der Täter nie gefasst worden. Wie muss es für Sarah Marsh sein, zu wissen, dass ihr Beinahe-Mörder immer noch da draußen ist? Dass sie ihn vielleicht kennt. Und dass er es noch einmal versuchen könnte ..."

Noosh fühlte sich, als wäre eine Abrissbirne gegen ihre Brust geprallt. Also zerrte er sie nicht nur in seine Kampagne, sondern drohte auch noch, sie zu töten. Live im Fernsehen. Bei dem Schock verengte sich ihr Brustkorb und sie konnte nicht atmen. Sie stand taumelnd auf, schob ihren Stuhl zurück und stolperte aus dem Zimmer. Sie hörte Liam und Ally hinter ihr herlaufen, als sie auf die Toilette rannte. „Bitte lasst mich allein ..."

Ally hörte natürlich nicht auf Noosh und schob sie in die Damentoilette, wo sie einer erschrockenen Frau befahl, den Raum zu verlassen. Die Frau warf einen Blick auf die beiden und lief eilig davon. Ally schloss die Tür hinter ihr und schlang ihre Arme um eine schluchzende Noosh.

„Es ist okay, Süße, lass es raus."

Noosh konnte die Tränen nicht stoppen, aber sie hatte noch genug Kontrolle über sich, um zu wissen, dass sie Ally nicht den wahren Grund nennen konnte, aus dem sie weinte. Sie tat so, als ob sie an den Überfall erinnert worden wäre und sich darüber ärgerte, dass ihr Angreifer nicht gefasst worden war, und Ally schien es ihr abzukaufen.

Ally schüttelte den Kopf. „Ich hätte den Kerl unterstützt, bis er das sagte. Er wird dadurch einiges von dem Rückhalt, den er gewonnen hat, wieder verlieren. Unsensibler Trottel."

Es war eine solche Untertreibung in Bezug auf Destrys böse Natur, dass Noosh nicht aufhören konnte zu lachen und sich die Tränen abwischte. „Schon gut. Es holt mich nur manchmal ein."

„Das überrascht mich nicht – ich bin nur geschockt, dass es

nicht früher passiert ist. Habt ihr in Großbritannien noch nichts von posttraumatischer Belastungsstörung gehört?"

Noosh lächelte. „Oh, doch. Aber als Engländer sind wir in jeder Situation bestrebt, Haltung zu bewahren."

Ally lächelte und ließ sie gehen, damit sie Wasser auf ihr Gesicht spritzen konnte. „Noosh, wir können einen Therapeuten für dich suchen, das ist kein Problem."

Noosh zögerte. „Ich weiß nicht, ob ich dazu bereit bin, Ally. Noch nicht. Ich versuche immer noch, mein Gleichgewicht wiederzufinden. So viel hat sich verändert."

Ally grinste. „Hat daran etwa ein schöner Amerikaner mit italienischen Wurzeln Anteil?"

Allein bei der Erwähnung von Christo entspannte sich Nooshs ganzer Körper und sie lächelte Ally schüchtern an. „Er ist ... sehr süß."

„Der süße Sohn des Mafioso." Sie lachten beide. „Komm schon, Details ... siehst du ihn wieder?"

Noosh nickte. „Wir fahren dieses Wochenende zu seinem Haus außerhalb New Yorks."

Allys Augen weiteten sich. „Wow."

Noosh kicherte und die Farbe kehrte in ihr Gesicht zurück. „Aber wir müssen uns noch zurückhalten. Wegen meines Rückens."

„Es gibt viele Dinge, die ihr tun könnt, ohne dich zu ... überanstrengen."

Noosh kicherte und ihre Wangen brannten. „Oh, ich weiß."

Ally umarmte sie. „Er ist fantastisch und er mag dich sehr. Ich freue mich für dich. Du verdienst einen guten Mann."

NOOSH KEHRTE zu ihrem Schreibtisch zurück und ignorierte die neugierigen Blicke ihrer Kollegen. Sie wusste, dass nur Ally und Liam mutig genug sein würden, sie zu fragen, was passiert war.

Sie sah auf die Uhr. Es war ungefähr vier Uhr nachmittags in London und da Destry offensichtlich wusste, wo sie war, riskierte sie einen Anruf bei ihren Eltern.

„Hallo, Liebling, wie geht es dir?" Als sie die sanfte Stimme ihrer Mutter hörte, wollte sie noch einmal weinen, aber eine halbe Stunde später legte sie mit einem Lächeln den Hörer auf.

Sie durfte sich ihr Leben nicht von Destry ruinieren lassen. Er konnte zur Hölle gehen. Wenn er sich mit ihr anlegte, würde sie zur Presse gehen und ob die Menschen ihr glaubten oder nicht – sie würde seiner Karriere ein Ende setzen.

Mit neuer Entschlossenheit machte sie sich wieder an die Arbeit.

DESTRY PAPPS VERLIESS das Podium und begrüßte einige seiner Unterstützer persönlich, während er über Noosh nachdachte und sich fragte, ob sie die Pressekonferenz gesehen hatte. Ja, er spielte mit dem Feuer, aber er wollte, dass sie eingeschüchtert und verängstigt wurde, bevor er sie unweigerlich tötete. Sie sollte wissen, dass sie ihm gehörte und er jeden Aspekt ihres Lebens kontrollierte ...

... jedenfalls das, was davon noch übrig war.

KAPITEL 10

„Also", sagte Christo und steuerte das Auto aus der Stadt, „warum war ein Mädchen wie du in jener Nacht in diesem Club? Ich meine nicht, dass mit diesem Club etwas nicht stimmt, aber ..."

Noosh grinste ihn an. „Nun, du warst dort, also war wirklich nichts falsch daran. Aber ich habe an einer Geschichte über die BDSM-Subkultur in New York gearbeitet, und das war Teil der Recherche." Sie streckte die Hand aus, um sein Gesicht zu berühren. „Und egal, wie es geendet hat, ich bin froh, dass ich hingegangen bin."

Christo küsste ihre Hand. „Ich auch, Liebling. Also, was ist mit der Geschichte passiert?"

„Ich habe die Arbeit daran abgebrochen", sagte sie unbehaglich und lächelte ironisch, als er sich zu ihr umdrehte. „Ich fühlte mich nicht qualifiziert, über so etwas zu berichten. Fantastischer Sex zählt nicht als BDSM. Aber ich bin mehr daran interessiert, warum du da warst."

Christo zögerte. „Ich gebe zu ... ich habe mich in jener Nacht entsetzlich benommen. Ich war betrunken und traurig, und du warst zu gut für diesen Ort. Aber ich war in der Vergangenheit ein ... Klient dieser Art von Clubs. Schockiert dich das?"

Noosh schüttelte den Kopf. „Nein, eigentlich ... ist es ziemlich heiß. Bist du dominant oder unterwürfig?"

Christo grinste. „Du kennst dich ja schon mit der Terminologie aus. Hast du schon einmal den Begriff ‚Switch' gehört?"

„Switch?"

„Das ist jemand, der je nach Laune oder Partnerin ein Sub oder ein Dom sein kann." Er wackelte suggestiv mit seinen Augenbrauen und sie kicherte und spürte, wie ihr Gesicht rot wurde.

„Beides, hm?"

Er grinste sie an. „Neugierig?"

„Ja, eigentlich schon ... wenn ich mit jemandem zusammen wäre, dem ich vertraue."

Er drückte ihre Hand. „Ich werde danach streben, diese Person zu sein."

Sie fühlte sich mutig, nahm seine Hand und schob sie unter ihren Rock. Christo grinste und streichelte sie durch ihr Höschen.

„Gott, Noosh, ich will dich so sehr."

Noosh legte ihre Hand auf seinen Schritt und spürte, wie sein Schwanz sich unter ihren Fingern verhärtete. „Jene Nacht im Club ... Ich habe noch nie ... Ich meine, das war die aufregendste Nacht meines Lebens – bis jetzt. Ich wünschte so sehr, dass es mir besser ginge. Glaub mir, ich würde dich gleich hier ficken, wenn ich es könnte."

„Baby, wir können auch so schon viel tun ... und Vorfreude ist die schönste Freude. Ich würde niemals deine Gesundheit riskieren, auch wenn du die verführerischste Frau auf diesem Planeten bist."

Es kam ihr seltsam vor, dass er, der jede Frau auf der Welt

haben konnte, so etwas über sie sagte. Ihre alten Unsicherheiten erwachten und sie war eine Zeitlang still. Christo hielt ihre Hand die ganze Fahrt über und als er in eine lange Straße einbog, war Noosh überrascht, ein relativ bescheidenes Landhaus vor sich zu sehen. Es war ein so krasser Gegensatz zu seinem luxuriösen Apartment auf der Upper East Side, dass sie lachen musste. Christo grinste über ihre Reaktion. „Gefällt es dir?"

„Es ist wunderschön." Sie strahlte ihn an. „So hatte ich mir dein Zuhause vorgestellt."

Sie stiegen aus dem Auto und Christo bot ihr seine Hand an. „Ich habe es gekauft, weil es mich an den Ort erinnert, an dem ich in Italien die Sommer mit meiner Mutter verbracht habe. Trotz Dads Vermögen bestand sie auf ein kleines Haus ohne Personal. Ein richtiges Zuhause."

„Lebt sie noch?"

„Nein, sie starb, als ich sieben war."

„Das tut mir leid."

Christo nickte und Noosh konnte sehen, dass er aufgebracht war. Sie stellte sich auf die Zehenspitzen, um ihren Mund auf seinen zu drücken. „Du vermisst sie bestimmt."

Er lehnte seine Stirn gegen ihre. „Ich wünschte, sie hätte dich kennenlernen können. Sie hätte dich geliebt."

„Das wünschte ich auch." Gott, er machte sie verrückt, und doch war er dabei so süß und einfühlsam, dass sie kaum glauben konnte, dass er derselbe Mann war, der sie bei ihrer ersten Begegnung angebrüllt hatte.

Das war nicht sein wahres Ich, sagte sie sich, *er hat gelitten*. Sie erinnerte sich, dass sie in den ersten Tagen im Krankenhaus, nachdem sie angeschossen worden war, wütend, verängstigt und frustriert zu ihren Eltern, Beth, den Krankenschwestern und sogar Ally gewesen war. Sie hatte sich natürlich für ihr aufbrausendes Verhalten entschuldigt, aber sie konnte verstehen, wie er sich fühlte, und war sofort bereit, ihm zu verzeihen.

Als Christo ihr das kleine Landhaus zeigte, fühlte sie sich ihm jeden Moment näher. Er brachte sie zum Lachen und sah sie im nächsten Augenblick mit solch brennendem Verlangen an, dass sie sich schwach fühlte. Wenn der Rest der Welt in dieser Sekunde verschwand, wäre es ihr egal gewesen.

„Bist du hungrig? Wir müssen vielleicht zum örtlichen Supermarkt fahren, um uns mit Lebensmitteln einzudecken. Wie Mom früher habe ich hier keine Angestellten, also werden wir das Wochenende über allein sein."

Noosh lächelte. „Gut, und ja, ich könnte ein ganzes Walross essen."

Christo lachte. „Okay. Lass uns herausfinden, ob es im Supermarkt ein Walross gibt."

Es war seltsam, aber es machte auch eine Menge Spaß, einen Einkaufswagen durch den Supermarkt zu schieben und frische Produkte auszuwählen. *Dieser Mann kommt aus einer Mafia-Familie, und hier erklärt er mir die Vorzüge von Granatäpfeln gegenüber Trauben*, dachte sie amüsiert.

Sie ließ Christo beim Einkauf der Zutaten die Führung übernehmen. Er wusste genau, was er tat, und als sie ihre Papiertüten in sein Auto packten, fragte sie ihn danach.

„Mom schon wieder", sagte er und zuckte gutmütig mit den Schultern. „Während Dad mich die harten Wahrheiten über die Welt lehrte, brachte sie mir die feineren Dinge bei. Kochen, Malen, sogar Schreinerei."

„Und jetzt bist du Vollzeit-Schreiner?"

Christo nickte mit Stolz in seinen Augen. „Nach dem Mittagessen zeige ich dir die Werkstatt. Ich werde dafür sorgen, dass du von oben bis unten mit Sägemehl bedeckt bist."

Noosh kicherte über die Verspieltheit in seinen Augen. „Du Verrückter."

„Wie bitte?"

Aber sie lachte nur und er beugte sich vor, um sie zu küssen.

„Fahr schneller, Mann, ich bin am Verhungern."

BEIM MITTAGESSEN SASSEN sie draußen an einem Picknicktisch, den er aufgestellt hatte, und genossen frisch gebackenes Brot, weichen, cremigen Brie, süße Pfirsiche und kalten Weißwein. Christo hatte ihre Stühle so arrangiert, dass Noosh ihren Rücken an ihn lehnen konnte. Bei der Aussicht auf die weitläufigen Felder lachte sie. „Wir sind nur eine oder zwei Stunden außerhalb von New York, aber wir könnten überall sein."

Er presste seine Lippen an ihre Schläfe. „Gefällt es dir?"

„Sehr."

„Das freut mich."

Sie drehte sich zu ihm um. Das Verlangen war wieder in seinen Augen und Noosh erwiderte seinen Blick und begann dann, langsam ihr Kleid aufzuknöpfen. Christo stellte sein Weinglas ab und beobachtete sie mit einem sexy Grinsen. Noosh zog den oberen Teil ihres Kleides zur Seite und enthüllte ihren rosa Spitzen-BH. Christo beugte den Kopf und zog den Spitzenstoff herunter. Er nahm ihre Brustwarze in den Mund und strich mit seiner Zunge um die Knospe, was einen Freudenschauder durch ihren Körper schickte.

Sie griff nach unten, um seine Jeans zu öffnen, nahm seinen Schwanz in ihre Hände und streichelte seine Länge. Sie hörte Christo stöhnen. „Himmel, ich will dich so sehr ficken, Noosh."

Sie kicherte. „Vorfreude ist die schönste Freude, Baby."

Christo knurrte, nahm sie in einer schnellen Bewegung in seine Arme und trug sie in sein Schlafzimmer. „Wir können vielleicht noch nicht ficken, aber ich werde jeden Zentimeter deines himmlischen Körpers küssen und dich lecken, bis du vor Freude weinst."

Noosh spürte, wie ihr Geschlecht mit Erregung überflutet wurde, als er zwischen ihren Beinen auf die Knie fiel. Vorsichtig, um sicherzugehen, dass sie keine Schmerzen hatte, vergrub er sein Gesicht an ihrem Geschlecht und fing an, sie zu lecken und sanft in ihre Klitoris zu beißen, bis sie pulsierte und Noosh seinen Namen immer wieder stöhnte.

Christo schob zärtlich zwei Finger in ihr Zentrum und bewegte sie hinein und hinaus, bis Noosh aufschrie, als ein heftiger Orgasmus sie zittern ließ. Christo hielt sein Versprechen und Tränen der Freude und der Ekstase flossen über ihr Gesicht.

„Ich will deinen Schwanz in mir spüren", sagte sie atemlos und küsste ihn. Sie hakte ein Bein über seinen Körper, um zu testen, ob sie es konnte, und zuckte zusammen. „Aber mein verdammter Rücken ..."

„Keine Sorge, Baby, wir haben alle Zeit der Welt."

„Es gibt aber etwas, das ich für dich tun kann." Sie kletterte an seinem Körper hinunter und nahm seinen diamantharten Schwanz in ihren warmen Mund. Sie liebte das seidige Gefühl der Haut über seiner Härte. Er war so groß, dass sie ihn nicht ganz in den Mund nehmen konnte. Sie küsste, leckte und neckte die Spitze, während ihre Hände seine Länge streichelten. Dann massierte sie seine Hoden sanft, während er erschauernd kam und sie jeden salzigen Tropfen seines Spermas schluckte.

Noosh kroch zu seinem Gesicht zurück, als er wieder zu Atem kam und sie angrinste. Gott, sie liebte diesen Mann, sein jungenhaftes Grinsen, sein verheerend hübsches Gesicht, seine verspielte Natur, die so anders war als ihre erste Erinnerung an ihn. *Es wäre so leicht, mich in dich zu verlieben*, dachte sie schockiert.

Christo öffnete seine Arme und sie schmiegte sich an ihn

und drückte ihre Haut gegen seine. Es war noch Nachmittag, aber sie schliefen zusammen ein und Noosh erwachte erst, als Christo ihren Mund so zärtlich küsste, dass sie die Augen öffnen musste, um ihn anzusehen.

ES WAR FRÜHER ABEND, als sie sich anzogen und Christo ihr seine Werkstatt zeigte. Noosh staunte darüber und strich mit der Hand über die handgearbeiteten Holzstücke, die schließlich zu einem schönen Sofa, einem Tisch oder einem Stuhl werden würden. Sie lächelte. „Vom organisierten Verbrechen zu so etwas … nicht, dass du ein Verbrecher warst", fügte sie hastig hinzu, aber Christo grinste nur und zuckte gutmütig mit den Schultern.

„Auch wenn ich unschuldig sein möchte – die Branche meiner Familie ist das organisierte Verbrechen. Korruption."

„Du bist jetzt frei davon."

„Ich hoffe es. Aber wenn ich jemals herausfinde, wer dich verletzt hat, mein Schatz …"

Noosh, die sich unwohl fühlte, schaute weg und bewunderte einen kleinen Beistelltisch, den er fast fertiggestellt hatte. „Das ist herrlich."

„Nicht im Vergleich dazu, was ich vor mir sehe."

Noosh wurde rot, als er zu ihr kam und ihr Kinn hob, damit er sie küssen konnte. „Du bist berauschend, Anoushka Taylor."

„Du auch." Sie lachten beide und Christo drehte sich um, um etwas aus einem Schrank zu holen.

„Das ist etwas, an dem ich gearbeitet habe … kein Möbelstück, sondern ein kleines Projekt, das ich begonnen habe, als ich in der Reha war. Ich hoffe, es erschreckt dich nicht, aber …"

Er reichte ihr eine kleine Holzbüste, die nur ein paar Zentimeter hoch war. Noosh betrachtete sie atemlos. Die weibliche Gestalt hatte langes, welliges Haar, das über ein Auge fiel und ihre Schultern wie eine Wolke umgab. Ihre Lippen waren voll und ihr sichtbares Auge war groß und gefühlvoll. Es war Noosh.

„Ich habe es aus der Erinnerung gefertigt, aber ich glaube, es sieht dir ähnlich." Er klang ein wenig nervös und Noosh sah ihn mit tränengefüllten Augen an.

„Das ist unglaublich. Gott, Christo, ich bin so gerührt."

Er streichelte ihr Gesicht. „Du bist seit Monaten in meinen Träumen, Noosh Taylor. Ist das zu viel?"

„Das sollte es sein, ist es aber nicht. Nicht von dir." Ihre Stimme war ein Flüstern und er küsste sie sanft.

„Weißt du, ich war seltsam abergläubisch wegen dieser kleinen Frauenbüste. Ich dachte, wenn ich sie im Haus behalte, würdest du niemals wirklich hierherkommen. Deshalb ist sie hier draußen."

Noosh grinste und er lachte. „Ich weiß, das ist dumm, nicht wahr?"

Sie schüttelte den Kopf. „Ganz und gar nicht. Aber ... ich bin hier."

„Also sollten wir sie ins Haus mitnehmen."

Sie gingen wieder hinein. „Hast du Hunger?"

„Immer." Sie grinste. Zusammen bereiteten sie Hühnchen mit Rosmarin und Zitrone und gebratenes Gemüse zu.

„Ein traditionelles Essen", sagte Noosh und nickte wohlwollend. Christo grinste.

„Als ich das letzte Mal in London war, habe ich unglücklicherweise versucht, etwas namens Marmite zu probieren." Er verzog das Gesicht bei der Erinnerung an den salzigen Brotaufstrich und Noosh sah empört aus.

„Marmite? Auf einer Scheibe Buttertoast mit einer Tasse Tee? Du hast noch nicht gelebt, Montecito."

„Es war absolut widerlich."

Noosh kicherte. „Willst du wissen, was widerlich ist? Dieses wachsartige, ekelhafte Zeug, das ihr hier Schokolade nennt."

„Hast du noch nie von S'mores gehört?"

„Ich hasse Marshmallows."

Sie lachte, als Christo seine Hände in die Luft warf. „Es ist vorbei zwischen uns."

Sie glitt auf seinen Schoß. „Ich bin traurig."

Christos Augen leuchteten auf. „Ich werde dich glücklich machen."

Das hast du schon ... Sie küsste ihn und die Leidenschaft wuchs zwischen ihnen, bis er sie sanft auf den Boden legte. Er schob seine Hand unter ihr T-Shirt und streichelte ihren Bauch, so dass sie vor Lust zitterte. Noosh zeichnete die Umrisse seiner vollen Lippen nach und fuhr dann mit den Fingerspitzen über seine dichten, dunklen Wimpern. „Du bist so schön", flüsterte sie fast ungläubig und er lachte.

„Das sollte ich zu dir sagen."

Noosh lächelte ihn an, aber ihre Augen waren ernst. „Ich warte immer noch darauf, dass etwas diesen perfekten Tag ruiniert. Wie zynisch ist das?"

„Nach allem, was du in deinem jungen Leben durchgemacht hast, überrascht mich das nicht."

„So jung bin ich gar nicht."

„Wie alt bist du denn?"

Noosh grinste. „Ich werde in einem Monat fünfundzwanzig."

„Alte Frau."

„Hey!" Sie gab ihm einen Klaps und er lachte. „Wie alt bist du denn?"

„Neununddreißig." Sein Lächeln verblasste. „Stört dich der Altersunterschied?"

Sie schüttelte den Kopf. „Meine Mutter hat mir immer gesagt, ich sei eine alte Seele, und das stimmt auch. Die Jungs in meinem Alter? Guter Gott." Sie erschauerte und er lachte.

„Es ist mein Ernst, Noosh. Wenn du vierzig bist, werde ich fast sechzig sein."

„Und immer noch der attraktivste Mann auf dem Planeten", konterte sie. Aufregung erfasste sie, als er über die Zukunft sprach, als ob sie dann noch zusammen wären. *Wenn Destry mich nicht vorher tötet.*

Der Gedanke kam aus dem Nichts und sie erstarrte. Sie versuchte, es zu verbergen, aber Christo bemerkte es sofort. „Was ist los, Süße?"

„Nichts." Sie rutschte näher zu ihm. „Alles ist perfekt."

Christo sah nicht überzeugt aus, aber sie war erleichtert, als er nicht weiterbohrte. „Sollen wir zusammen einen Film anschauen?"

„Gerne."

SPÄTER, nachdem sie ins Bett gegangen waren und Noosh eingeschlafen war, erhob sich Christo. Einen langen Moment stand er am Ende des Bettes und beobachtete sie im Schlaf. Gott, sie war reizend. Christo wusste, dass er dabei war, sich in sie zu verlieben. *Das stimmt nicht*, dachte er, *ich liebe sie schon. Ich bin verrückt nach diesem Mädchen.*

Er stieg die Treppe hinunter und griff nach seinem Handy. Er hatte bei Nooshs Zögern eine Idee gehabt, aber er wollte sie nicht erschrecken oder dass sie sich unwohl fühlte.

Es war nur ... er wollte nicht, dass sie für den Rest ihres Lebens in Angst lebte. Wenn derjenige, der auf sie geschossen hatte – Christo konnte sich nicht daran erinnern, ohne zusammenzuzucken – sie wieder attackierte ... Wenn er seine geliebte Noosh tötete ... *Nein. Das werde ich nicht zulassen.*

Er rief Bertie an, von dem er wusste, dass er zu dieser späten Stunde noch wach sein würde. „Hey, Kumpel."

„Hey, Bert. Hör zu, ich muss dich um einen Gefallen bitten."

„Nur zu."

„Der Kerl, den du angeheuert hast, als Dimitri Engles versucht hat, dich zu erpressen ..."

„Der Privatdetektiv?"

„Ja", sagte Christo mit grimmiger Stimme. „Kannst du mir seine Nummer geben? Ich will, dass er etwas für mich herausfindet."

11

KAPITEL 11

„Anoushka Taylor, haben Sie eine Wunderpille genommen, von der ich nichts weiß? Denn die Fortschritte, die Sie seit unserem letzten Termin gemacht haben, sind unglaublich." Beth schüttelte fassungslos den Kopf, als sie zusah, wie Noosh drei Wochen später durch den Physiotherapie-Raum ging.

Noosh grinste sie an. Ihr Rücken schmerzte immer noch ein bisschen, aber das Schwimmtraining hatte sich ausgezahlt – und die Aussicht darauf, endlich mit Christo zusammen sein zu können, hatte sie motiviert. Heute Abend würden sie zusammen nach Europa auf eine kleine Insel vor der italienischen Küste fliegen und Noosh wusste, dass sie sich dann endlich lieben würden, zum ersten Mal seit sie sich wiedergetroffen hatten.

Gott, sie konnte es nicht erwarten. In jedem wachen Moment dachte sie an ihn und musste lächeln. Sie hatten jedes Wochenende in seinem Landhaus verbracht, und an den Wochentagen hatte er sie von der Arbeit abgeholt und in sein Apartment gebracht. Ally beklagte sich darüber, dass sie ihre Mitbewohnerin nie zu Gesicht bekam, aber Noosh konnte sehen, dass ihre Chefin und Freundin sich für sie freute.

Beth unterschrieb lachend ihr Behandlungsprotokoll. „Nun, Sie haben es geschafft – ich bin so stolz auf Sie."

„Ich hätte es nicht schaffen können – und nicht überlebt –, wenn Sie nicht gewesen wären, Beth. Es ist mein Ernst."

„Ohhh ..." Beth strahlte gerührt und Noosh lachte.

„Wir sollten in Kontakt bleiben. Und uns endlich duzen. Schließlich sind wir echte Freundinnen geworden."

„Nur zu gern. Auf ein baldiges Wiedersehen."

IM TAXI zurück zur Arbeit rief Noosh Christo an. „Ich bin bereit, Baby."

Ein Schauer lief durch ihren Körper, als sie sein tiefes, kehliges Lachen hörte. „Ich kann es kaum erwarten, Baby. Und das Spielzeug, über das wir gesprochen haben? Ich habe jede Menge davon bestellt."

Ihr Geschlecht pulsierte und sie senkte die Stimme. „Ich werde den ganzen Tag an dich denken."

„Und ich an dich, mein Schatz. Bis später."

„Bis später."

Es lag ihr auf der Zunge, ihm zu sagen, dass sie ihn liebte, aber sie hielt sich zurück. Sie wollte sich ihrer und seiner Gefühle hundertprozentig sicher sein. Das Letzte, was sie wollte, war, dass er sie als ein albernes kleines Mädchen mit einer Schwärmerei betrachtete. Christo hatte trotz seiner lebenslustigen Seite eine gewisse Ernsthaftigkeit an sich und gab ihr das Gefühl, dass dies eine echte, erwachsene Beziehung war, die eine gewisse Reife erforderte.

Dennoch, der Gedanke daran, wie sein Schwanz riesig und dick in sie glitt, ließ sie voller Freude erbeben. Bei der Arbeit war sie abgelenkt und Ally stupste sie während einer Besprechung an, um ihre Aufmerksamkeit zu erregen.

„Hey, könntest du deine Gedanken vielleicht für einen

Moment aus Montecitos Hose heraushalten?" Noosh wurde rot, als Ally leise kicherte.

Seth ergriff das Wort. „Wir haben vollständigen Zugriff auf das Kampagnenteam von Destry Papps und den Kandidaten selbst erhalten. Er hat darum gebeten, dass ‚Sarah Marsh' seine Kontaktperson ist – das ist eine Riesenchance für dich, Noosh, also Glückwunsch."

Noosh fühlte, wie ihr Herz sank, als die anderen applaudierten, und wartete darauf, dass sie aufhörten. „Bei allem Respekt, Seth, nur weil ich angeschossen wurde, macht mich das nicht zu einer Expertin für dieses Thema. Ich befürchte, dass der Kandidat meine Situation ausnutzen könnte, um seine eigene Agenda voranzutreiben, anstatt Frauen zu helfen. Ich hätte lieber nichts damit zu tun."

Im Raum wurde es still und ihre Arbeitskollegen sahen sie erstaunt an. Seth war der Erste, der sich wieder erholte. Er räusperte sich. Sein Schock und ein wenig Ärger waren in seinen Augen klar zu sehen. Nooshs Herz klopfte unbehaglich. Sie konnte seine Anspannung spüren.

„Nun, das ist etwas, das du mit Ally besprechen musst. Es wäre ein großer Gewinn für den Sender. Aber wenn du dich unwohl dabei fühlst ..." Er verstummte, aber die Bedeutung war klar. Sie ließ das Team im Stich. Noosh kamen fast die Tränen.

Ally bat sie, in ihr Büro zu kommen, sobald das Meeting beendet war, und Noosh wusste, dass es kein leichtes Gespräch sein würde. Sie saß Ally gegenüber und wünschte, es wäre sechs Uhr, und sie wäre in Christos Armen im Flugzeug nach Europa.

Ally kam direkt zur Sache. „Was ist dein Problem mit Destry Papps?"

Noosh ballte ihre Hände auf ihrem Schoß zu Fäusten. „Ich finde ihn falsch, unaufrichtig und unheimlich." Besser konnte sie nicht ausdrücken, wie sie sich fühlte, ohne zu viel zu verraten, aber sie konnte sehen, dass Ally nicht überzeugt war.

„Noosh, du bist kein Kind und ich bin keine Idiotin. Da ist noch mehr."

„Nein. Ich habe nur den Eindruck, dass er meine Geschichte zu seinem persönlichen Vorteil nutzen möchte." *Und außerdem war er derjenige, der mich angeschossen hat.* Wenn sie das nur laut sagen könnte und Ally ihr glauben würde.

Ally seufzte. „Nun, wie Seth schon sagte, wäre es ein Coup für den Sender. Wir werden Senator Papps sagen, dass ich ihm als Kontaktperson zur Verfügung stehe, aber Noosh, ist dir klar, was für eine Chance du da ablehnst?"

„Ja." Gott, sie hasste Destry und sein manipulatives Verhalten. Er wusste genau, was er tat, indem er Einfluss auf ihr Arbeitsleben nahm. Dieses eine Mal war sie froh, dass Christo aus einer Mafia-Familie stammte – Destry würde es nicht wagen, ihm zu nahe zu kommen … oder doch?

Nein. Es war eine Sache, sich mit ihr anzulegen, aber eine ganz andere, das organisierte Verbrechen gegen sich aufzubringen. Zumindest redete sie sich das ein – es war das Einzige, was ihr im Moment ein Gefühl von Schutz vor ihm gab.

Sie seufzte und rieb sich die Augen. „Es tut mir leid, Ally."

„Es ist nur so … Du hast bereits die BDSM-Geschichte abgebrochen und jetzt das … Seth wird sich fragen, ob du wirklich für diesen Job geeignet bist."

Noosh hatte gewusst, dass es so kommen würde, aber es war dennoch ein Schock, es zu hören. „Ich weiß. Ich muss mich nur konzentrieren … und vielleicht schaue ich mir die Clubgeschichte noch einmal an. Ich habe vielleicht einen … Kontakt … dort." Sie errötete, musste aber auch ein wenig lächeln. Der Gedanke, mit Christo in seinen Club zu gehen, war in ihrem Hinterkopf immer mehr gereift, aber sie hatte es einfach auf ihre rasende Lust auf ihn geschoben. Aber jetzt … vielleicht war ihre Geschichte doch noch zu retten.

Ally sah besänftigt aus und betrachtete sie eindringlich.

„Nimm dir diese Woche mit deinem Mann frei und komme erholt zu mir zurück. Wir werden an der Geschichte über den Senator arbeiten, Noosh, aber vielleicht können wir deine Einwände dabei berücksichtigen. Und", endlich lächelte sie, „wenn du den BDSM-Club noch einmal besuchen willst, dann mach es. Die Geschichte hatte definitiv Potenzial."

Sobald Christo sie abholte, drückte Noosh lange ihre Lippen auf seine und er lachte, als sie schließlich nach Luft schnappten. „Hallo, Baby." Er nahm ihr Gesicht in seine Hände. „Bist du noch schöner geworden?"

Noosh grinste und ihr ganzer Körper entspannte sich. „Nein, aber du." Sie liebte, wie seine dichten, dunklen Wimpern das leuchtende Grün seiner Augen betonten. Seine gebräunte Haut war mit Sommersprossen gesprenkelt und sein Bart so schwarz wie sein Haar. Noosh konnte sich keinen schöneren Mann vorstellen.

Er fuhr sie direkt zum Flughafen, und sie bewunderte, wie geübt und freundlich er die Passkontrolle hinter sich brachte, bevor er mit Noosh auf dem Rollfeld ankam. Der Privatjet, den er sich von Bertie geliehen hatte, bot fünf Kabinenbereichen mit jedem erdenklichen Luxus und eine Master-Suite mit einem King-Size-Bett und einer Dusche. Nooshs Augen wurden riesig und sie wusste nicht, was sie von so viel Opulenz halten sollte.

Christo beobachtete sie amüsiert. „Zu deiner Information, diese Maschine hat dreiundfünfzig Millionen gekostet und ja, das ist völlig übertrieben. Normalerweise ist das nicht mein Ding – ich bin sonst ein wenig umweltbewusster, aber dieses Mal ... Für diesen Anlass fand ich es passend." Er beugte seinen Kopf, um sie zu küssen und flüsterte in ihr Ohr: „Ich weiß nichts über dich, Noosh, aber ich kann es nicht erwarten, mit dir nach Italien zu reisen ... Ich schulde dir das Beste, nachdem ich dich das letzte Mal, als wir zusammen waren, so schlecht behandelt habe. Ich will, dass diese Reise perfekt ist."

Noosh lehnte sich an seinen Körper und genoss seine Wärme. Dann sah sie zu ihm auf. „Alles ist perfekt."

Er streichelte ihr Gesicht, als der Pilot sie über Lautsprecher bat, sich anzuschnallen. Christo schob seine Hände um ihre Taille und befestigte ihren Sicherheitsgurt. Er schaffte es, diesen Vorgang so erotisch zu machen, dass Noosh glaubte, sie würde explodieren. Christo nahm seine Augen nie von ihr, als er sich neben ihr anschnallte, und als sie abhoben, beugte er sich vor und küsste sie. Der Kuss war zuerst sanft, aber als ihr Verlangen wuchs und ihre Zungen einander streichelten, wurde die Sehnsucht zwischen ihnen fast verzweifelt.

Noosh wollte nichts mehr, als bei ihm zu sein, aber als sie in der Luft waren, legte Christo seine Hand auf ihren Sicherheitsgurt und hielt sie davon ab, ihn selbst zu öffnen. Er grinste, als er es für sie tat.

Dann sank er zwischen ihren Beinen auf die Knie und lächelte sie an. „Ich habe jetzt das Kommando, meine Schöne."

Noosh zitterte vor Verlangen, als er seine Hände unter ihr Kleid gleiten ließ und sanft ihr Höschen über ihre Beine zog, bevor er begann, ihr Kleid aufzuknöpfen. Sie hatte absichtlich keinen BH angezogen. Er sollte sehen, dass ihre Brustwarzen hart und bereit für seine Berührung waren. Der lustvolle Seufzer, den er von sich gab, als er den Stoff ihres Kleides beiseiteschob, war berauschend. Christo beugte sich vor und küsste ihren Mund und ihren Hals bis hinunter zu ihren Brüsten. Er saugte an jeder Brustwarze, bis Noosh nach Luft schnappte, dann zog er seine Lippen über ihren Bauch und presste sein Gesicht dagegen. Er küsste jede Narbe, bevor seine Zunge ihren Bauchnabel streichelte und in die tiefe, runde Einkerbung tauchte. Immer wieder, bis Noosh sich vor Vergnügen wand.

Christo lächelte sie an. „Spreize deine Beine noch weiter für mich, Liebling."

Noosh tat, was er befahl, und Christo nahm ihre Klitoris in seinen Mund. Seine Zunge reizte die kleine Knospe und Nooshs Körper reagierte, indem er sich krümmte und gegen sein Gesicht schob, bis sie kam. Ihr Zentrum war nass vor Erregung, als Christo seine Zunge tief in sie tauchte und sie mit offensichtlichem Vergnügen kostete.

Als er den Kopf hob, um sie wieder zu küssen, konnte sie sich selbst schmecken. Seine Finger wanderten ihren Bauch hinunter und streichelten sie sanft. Sie sah ihn an, während ihre Hände sein Gesicht umklammerten. „Ich will dich in mir haben", flüsterte sie und er nickte lächelnd.

Er löste ihren Sicherheitsgurt und zog sie in seine Arme, um sie ins Schlafzimmer zu tragen. Dort legte er sie sanft auf das Bett und trat zurück, um sich auszuziehen. Noosh beobachtete ihn dabei. Ihre Augen wanderten über seinen prächtigen Körper, die breiten Schultern, die schlanken Hüften und seinen dicken, langen Schwanz, der sich stolz gegen seinen Bauch erhob. Er rollte sich ein Kondom über und grinste über ihre offensichtliche Lust, bevor er ihren Körper mit seinem bedeckte. Er streichelte ihr Gesicht. „Jetzt?"

„Ja, jetzt. Bitte ..."

Noosh schlang ihre Beine um ihn, als er quälend langsam seinen Schwanz in ihren Eingang schob und dann wartete. Sie stöhnte und er lachte. „Mehr?"

„Mehr ..."

Er glitt ein paar Zentimeter tiefer hinein. „Mehr?"

„Christo!", stöhnte Noosh frustriert.

Er lachte laut und rammte sich dann mit einem kräftigen Stoß tief in sie. Noosh keuchte, als er sie so komplett ausfüllte, und wölbte ihm ihre Hüften entgegen, damit er noch tiefer gehen konnte. Ihr Rücken protestierte ein wenig, aber es war ihr egal. Sie wollte diesen Mann, dessen Hände sie aufs Bett drückten und dessen Mund hungrig ihren suchte. Zu spüren, wie er sie unerbittlich eroberte, und zu sehen, wie sehr er sie wollte ... Gott, es war berauschend.

Noosh war selig vor Glück, als Christo ihren Körper beherrschte. Seine Augen verließen nie ihr Gesicht und als sie mit einer gewaltigen, erschütternden Explosion purer Ekstase kam, erreichte er triumphierend und siegreich ebenfalls seinen Höhepunkt.

Sie schnappten nach Luft und küssten sich, als sie sich erholten. Christo zog sie an sich und hielt sie zärtlich fest. „Gehörst du mir?"

Noosh lächelte. Ihre Augen waren voller Tränen. „Ich gehöre dir. Für immer." Und sie machten dort weiter, wo sie aufgehört hatten.

BERTIE SAß an der Bar und überlegte, ob er sich noch einen Bourbon bestellen sollte, als der Mann, auf den er wartete, ein Privatdetektiv namens Alan, ihm auf den Rücken klopfte. Bertie schüttelte ihm herzlich die Hand. Alan war seit vielen Jahren ein Geschäftskontakt seiner Familie – seine eiserne Arbeitsmoral und absolute Professionalität waren in der Branche unübertroffen.

Bertie bestellte ihnen Drinks und hob dann die Augenbrauen. „Also, Noosh Taylor. Haben Sie etwas?"

Alan zog eine Mappe aus seinem Aktenkoffer. „Anoushka Eleanor Taylor. Nächste Woche wird sie fünfundzwanzig. Absolventin eines Elite-College in London. Abschluss mit Bestnoten. Master in Kommunikation und Medien. Vor knapp zwei Jahren kam sie nach New York, nachdem man ihr eine Trainee-Position bei Ally Monroe angeboten hatte. Seither immer am selben Ort, aber das wussten Sie ja schon. Ein paar Beziehungen, nichts Langfristiges, bis vor drei Jahren. Einige ihrer Freunde haben mir erzählt, dass sie damals praktisch von jemandem verfolgt wurde, bis sie nachgab und eine zaghafte Beziehung mit ihm hatte. Das ging etwa einen Monat so, bevor sie ins Krankenhaus musste, nachdem sie versucht hatte, sich umzubringen. Scheinbar war ihr ‚Partner' – wenn man ihn so nennen kann – ein Psychopath und hat sie geschlagen. Als sie versuchte, ihn zu verlassen, drohte er, sie zu töten."

„Hurensohn", zischte Bertie. Er hatte Noosh liebgewonnen, seit sie begonnen hatte, Christo zu daten. Sie hatten den gleichen albernen Sinn für Humor und liebten beide Christo. Das war genug für Bertie. „Wer war er? Ich nehme an, wir können davon ausgehen, dass er der Mann ist, der sie angeschossen hat."

„Ganz genau." Alan trank einen Schluck Bourbon. „Als ich es herausfinden wollte, lief ich gegen eine Wand des Schweigens, Bertie. Polizei, Anwälte, Freunde. Alle haben den Mund gehalten. Das ist verdammt selten. Es gibt immer ein Informationsleck. *Immer.*"

Bertie dachte darüber nach. „Also, wer auch immer es war, hat Geld, Macht, Einfluss ... genug, um seine Zähne zu zeigen, wenn jemand redet. Und er würde töten."

„Ja. Eine Sache irritiert mich. Ich glaube nicht, dass dieser Typ – wenn er derjenige ist, der Ihre Freundin angeschossen hat – jemals zuvor getötet oder sich selbst die Hände schmutzig gemacht hat."

„Warum?"

„Weil er sie am Leben gelassen hat. Ein Profi hätte eine Kugel in ihren Kopf oder ihr Herz gejagt, um sicherzugehen, dass sie tot ist. Diesem Kerl ging es aber um den Nervenkitzel. Einer Frau in den Bauch zu schießen bedeutet, dass sie bewusst mitbekommen soll, dass sie ermordet wird. Es dauert, bis sie verblutet, so dass sie vielleicht sogar ihren Mörder identifizieren kann, bevor sie stirbt – oder überlebt, so wie in diesem Fall. Was bedeutet, dass Noosh Taylor wahrscheinlich weiß, wer sie anschossen hat und genug Angst hat, es für sich zu behalten. Ich habe die Aufzeichnungen ihrer polizeilichen Befragungen im Krankenhaus gelesen. Sie hat immer wieder geschworen, dass sie nicht gesehen hat, wer es war."

Bertie zuckte zusammen. „Armes Mädchen. Stellen Sie sich vor, mit dieser Angst zu leben."

Alan nickte mitfühlend. „Sie ist noch so jung. Erst fünfundzwanzig, Bertie, und sie hat schon so viel Grausamkeit gesehen."

„Zumindest ist sie jetzt bei Christo. Er wird für ihre Sicherheit sorgen und sich von niemandem einschüchtern lassen. Ich kenne Christo – wenn er herausfindet, wer es war ..." Berties Stimme wurde hart und sein Gesicht grimmig. Alan nickte.

„Ich würde ihm raten, Fogliano aus dieser Sache herauszulassen."

Bertie lachte humorlos. „Ich denke nicht, dass das ein Problem sein wird. Warum sagen Sie das?"

„Weil Fogliano Ms. Taylor ebenfalls nachspionieren lässt."

Bertie war erstaunt. „Was? Woher wissen Sie das?"

„Privatdetektive laufen sich manchmal über den Weg, wenn sie dieselbe Person beschatten."

Bertie überlegte einen Moment. „Können Sie herausfinden, warum?"

„Ich kann es versuchen, aber ich werde nicht einen anderen Detektiv bitten, seinen Geheimhaltungscode zu brechen."

„Okay." Bertie griff nach dem Scheck. „Danke, Alan ... Gott, warum in aller Welt interessiert sich Fog für Noosh? Ich dachte, er hätte mit Christo abgeschlossen. Zumindest glaubt Christo das."

„Mr. Montecito Senior ist niemand, der einfach so lockerlässt, habe ich recht?"

Bertie zischte frustriert. „Alan, vergessen Sie, was ich gesagt habe. Ich gehe direkt zur Quelle. Ich werde Fogliano selbst fragen. Ich will wissen, warum er das Mädchen meines besten Freundes beobachten lässt."

KAPITEL 12

Christo ging durch die stille Villa und spürte, wie die warme Brise durch die steinernen Flure wehte. Dieser Ort war fantastisch und er fragte sich, wie viel der Besitzer dafür verlangen würde. Das Haus war perfekt, ruhig, abgelegen und befand sich auf einer Klippe, die das Mittelmeer überblickte.

Die letzten Tage waren auch perfekt gewesen. Hier mit Noosh zusammen zu sein, sie zu lieben, zu scherzen, zusammen zu kochen, am Strand entlang zu laufen – für Christo war es der Himmel auf Erden. Kein Personal und auch sonst niemand, der sich in ihre kleine heile Welt drängte. Hier konnten sie sich lieben und lachen, und Noosh war in Sicherheit.

Christo hatte keinen Zweifel daran, dass es das war, was er sein Leben lang gesucht hatte. Er war noch nie so glücklich gewesen. Er suchte Noosh und fand sie im Wohnzimmer vor einem der Fenster. Alles, was sie anhatte, war eines seiner Hemden, das bis zur Mitte ihrer Oberschenkel reichte. Ihr langes dunkles Haar fiel in Wellen über ihren Rücken. Christo blieb an der Tür stehen und beobachtete sie.

„Hey."

Sie drehte sich um und schenkte ihm ein verheerend schönes Lächeln, als sie ihn sah. Das weiße Hemd war offen und enthüllte ihren spektakulären Körper – volle Brüste, flacher Bauch, lange Beine. Absolut betörend. Christo ging zu ihr und nahm sie in seine Arme.

„Gott, du bist wunderschön", murmelte er. Seine Lippen fanden ihre, dann küsste er sie und spürte, wie ihre weichen Lippen auf ihn reagierten.

Er hob sie hoch und setzte sie auf die steinerne Fensterbank. Noosh schlang ihre Beine um seine Hüften, als er seinen Schwanz aus seiner Hose befreite und in sie eindrang. Sie zitterte vor Vergnügen, als sie fickten und versuchten, das Gleichgewicht zu halten, aber unweigerlich zu Boden fielen und lachten. Noosh setzte sich rittlings auf ihn und führte ihn wieder in sich ein.

„Komm in mir. Ich will spüren, wie du kommst", flüsterte sie und drückte ihre Vaginalmuskeln so fest um seinen Schwanz, dass Christo stöhnte. „Fick mich, Christo."

Sie beschleunigten ihr Tempo, denn Noosh wollte fühlen, wie sein Sperma sie füllte. Als er kam, pumpte er seinen cremigen Samen tief in sie und sie schrie vor Lust. Christo drehte sie auf den Rücken und fickte sie immer weiter, bis sie erschöpft waren und lachend nebeneinander auf dem Boden lagen. Christo küsste sie keuchend. „Es ist ein bisschen spät, jetzt zu fragen, aber nimmst du die Pille?"

Noosh lachte und nickte. „Oh ja. Es war ein bisschen leichtsinnig von uns, aber ich musste dich einfach in mir spüren."

Christo stützte sich auf seinen Ellbogen und sah auf sie hinunter. „Noosh ... wenn es zu früh ist, dann sag es bitte ... aber würdest du darüber nachdenken, bei mir einzuziehen, wenn wir nach New York zurückkehren?"

Noosh grinste ihn an. „Ich lebe sowieso praktisch bei dir, also ja, Christo, nur zu gern."

Hocherfreut küsste Christo sie, bis sie lachend protestierte, dass sie nicht atmen konnte. Noosh streichelte seine Brust und liebkoste dann seine Wangen mit ihren Daumen. „Ich wünschte, wir könnten für immer hierbleiben. Nur du und ich."

„Sag nur ein Wort und dein Wunsch wird Wirklichkeit, aber du musst auch an deine Karriere denken." Er lächelte und runzelte dann die Stirn, als er sah, dass ihre Miene sich verfinsterte. „Was ist, Baby?"

Noosh zögerte einen langen Moment. „Ich bin zurzeit auf Arbeit nicht gern gesehen."

Christo war überrascht. „Sie lieben dich dort."

„Nicht im Moment. Ich habe ein Angebot abgelehnt und es könnte sich auf den ganzen Sender auswirken."

Christo setzte sich auf und Noosh folgte seinem Beispiel. „Warum hast du abgelehnt?"

„Weil es bedeuten würde, eng mit jemandem zusammenzuarbeiten, den ich hasse. Aus tiefster Seele."

Christos Augenbrauen schossen hoch. „Und wer ist das?"

Er bemerkte ihr Zögern, bevor sie antwortete. „Ein Politiker. Destry Papps."

Christo fühlte sich, als wäre er geschlagen worden, und Wut kochte in ihm hoch. „Dieser Bastard."

Nun war es Noosh, die überrascht aussah. „Kennst du ihn?" Sie korrigierte sich. „Natürlich kennst du ihn, er ist schließlich Präsidentschaftskandidat."

„Nein, ich kenne ihn seit Jahren. Oder besser gesagt, ich *kannte* ihn vor Jahren, aber ich gehe nicht davon aus, dass er sich in der Zwischenzeit gebessert hat ..."

Er wurde unterbrochen, als Noosh heftig ihre Lippen gegen seine presste, und er zog seine Arme um sie und lachte leise, als sie sich von ihm löste. „Wofür war das?"

Noosh grinste. „Alle anderen scheinen zu denken, er sei wundervoll. Ich kann den Kerl nicht ausstehen."

Christo lächelte, aber er hatte das Gefühl, dass sie ihm nicht alles erzählte. „Also, warum hasst du ihn? Abgesehen davon, dass er ein verlogener Widerling ist."

Noosh lachte und schien unbeschwerter als seit Tagen zu sein – als ob eine Last von ihr genommen worden wäre, weil er den Politiker ebenso wenig mochte wie sie. „Bleib bei mir. Für immer. Bis wir alt und grau sind."

„Klingt gut." Er presste seine Lippen auf ihren Hals und sie vergrub ihre Finger in seinen dunklen Locken.

„Natürlich", sagte sie mit einem Funkeln in den Augen, „wirst du lange vor mir diesen Zustand erreichen."

Christo drückte sie auf den Boden, während sie vor Lachen kreischte. „Dafür musst du heute Abend enthaltsam ins Bett gehen", sagte er, und sie grinste und griff nach seinem schon wieder harten Schwanz.

„Ach ja?" Sie schlang ihre Beine um seine Taille und führte ihn in sich ein.

„Noosh ...", sagte er und stöhnte, als er tief in ihr samtenes Zentrum stieß. Ihre Wangen röteten sich vor Vergnügen und ihre großen schokoladenbraunen Augen waren warm und voller Anbetung für ihn. Gott, er liebte diese Frau, aber er hatte Angst, sie zu erschrecken. Anstatt ihr zu sagen, dass er für sie sterben würde, küsste er sie, bis keiner von ihnen mehr Luft bekam, und liebte sie bis in die Nacht.

Erst später wurde ihm klar, dass sie seine Frage über Destry Papps nicht beantwortet hatte, und fragte sich wieder, warum seine Geliebte einen Mann, den sie noch nie getroffen hatte, so sehr hasste.

KAPITEL 13

„Es ist ganz einfach", sagte sie ihm am nächsten Morgen beim Frühstück. Sie hantierte mit einem Stück Melone, während sie sprach. „Er will den Angriff auf mich für seine Kampagne gegen Waffengewalt an Frauen nutzen und ich glaube nicht eine Sekunde, dass es ihm ernst damit ist. Arroganter Wichser. Also werde ich ihm ganz sicher nicht dabei helfen. *Arschloch.*"

Christo grinste über ihre Flüche, schien aber mit ihrer Antwort zufrieden zu sein. Noosh fühlte Erleichterung. Er glaubte ihr. Sie hatte gewusst, dass er gestern mit ihrer Antwort nicht zufrieden gewesen war, und selbst der beste Sex konnte ihn nicht ewig ablenken. Sie liebte es, dass sie ihm genug bedeutete, dass er wütend wurde, und die Dankbarkeit und Erleichterung, die sie empfunden hatte, als er sich mit ihr gegen Destry verbündete, waren überwältigend gewesen. Sie grübelte über Christos Vergangenheit mit Destry nach, machte sich aber keine Sorgen deswegen. Sie genoss einfach die Tatsache, dass Christo genauso empfand wie sie.

Sie lächelte ihn an. Er trug ein einfaches Shirt, das seine goldene Haut und seine grünen Augen hervorhob. Seine dunklen Locken rankten sich wild um seinen Kopf und sein Bart wurde auch immer wilder. Sie beugte sich vor und rieb ihr Kinn dagegen. „Sexy."

Christo lachte. „Ich weiß, dass du das bist."

„Haha. Wie zur Hölle ist es möglich, dass du Single warst, als ich dich kennengelernt habe? Du weißt, dass du fantastisch aussiehst, oder?

Christo verdrehte die Augen. „Ich war Single, weil ich dich noch nicht kannte."

„Gute Antwort." Sie umfasste seine Wange mit ihrer Hand. „Ich bin verdammt verrückt nach dir, Baby."

Christo brach in Gelächter aus. „Versuchst du dich neuerdings an einem amerikanischen Akzent?"

Noosh gab vor zu schmollen. „Nein ..."

„Doch. Gib es zu."

Noosh stimmte in sein Gelächter ein. „Dann lass mich deinen britischen Akzent hören, Angeber."

Christo grinste breit. „Es freut mich, Ihre Bekanntschaft zu machen, Ms. Taylor. Ich bin Christofalo und verrückt nach Ihnen." Sein Akzent war makellos und Noosh starrte ihn ungläubig an. Christo zwinkerte ihr zu.

Noosh machte ein enttäuschtes Gesicht. „Es war doch nur Spaß."

„Habe ich es übertrieben?"

„Und wie."

Christo seufzte. „Vielleicht ist dann eine Strafe angemessen."

Noosh wand sich vor Aufregung. „Für mich oder dich?"

Obwohl sie über das Experimentieren mit BDSM geredet hatten, hatten sie es noch nicht ausprobiert und sich stattdessen so oft wie möglich geliebt, wenn sie sich nicht gerade unterhalten und besser kennengelernt hatten. Aber jetzt war Noosh voller Vorfreude bei dem Gedanken, von ihm gefesselt, ausgepeitscht oder mit dem Paddel bearbeitet zu werden. Oder all diese Dinge bei ihm zu machen. Sie wollte alles erkunden, was ihn glücklich machte.

Christos Lächeln wurde breiter. „Nun, ich werde dich dafür übers Knie legen, aber das Schöne daran, ein Switch zu sein, ist, dass man seine Meinung augenblicklich ändern kann." Er schnippte mit den Fingern, aber dann verschwand sein Lächeln. Er beugte sich vor und nahm ihre Hände. „Wenn du sagst, dass du aufhören willst, dann hören wir auf. Dafür gibt es das Safeword, Baby. Ich hoffe, du vertraust darauf, dass ich aufhöre, wenn du es verlangst, aber ich werde dennoch immer auf ein Safeword bestehen. Es beseitigt jeden Zweifel."

„Ich habe keine Zweifel an dir, Christo. Keinen einzigen." Ihre Stimme war bereits ein Flüstern und zitterte ein wenig. Sie hatte Angst, er würde denken, dass sie Angst hatte, aber stattdessen drückte er seine Lippen auf ihre.

„Wir gehen es langsam an, Baby, damit du ein Gefühl dafür bekommst, was du magst und was nicht."

Sie bewegte eine Hand durch seine Locken. „Womit fangen wir an?"

„Mit leichtem Bondage? Ich könnte einfach deine Hände hinter dir fesseln, dich über die Fensterbank unseres Schlafzimmers beugen und dich von hinten ficken."

Noosh spürte, wie ihr Geschlecht vor Aufregung pulsierte. „Vielleicht könntest du eine Reitgerte verwenden? Auf meinem Hinterteil?

„Du bist wundervoll. Ja, ich werde eine Reitgerte auf deinem ... Hinterteil zum Einsatz bringen ... wenn du willst."

Noosh sah verlegen aus. „Hinterteil ist kein sexy Wort, hm? Wie wäre es, wenn ich dir sage, dass du dich so hart in meine Fotze rammen sollst, dass ich deinen Namen laut genug schreie, dass man mich noch in Griechenland hören kann?"

Christo sah beeindruckt aus. „Wow, das sind ganz neue Töne."

„Gefällt es dir?"

Er griff nach ihrer Hand und drückte sie gegen seinen steinharten Schwanz. „Was denkst du?"

Noosh drückte seinen Schwanz durch die Hose. „Ich denke, wir sollten aufhören, darüber zu reden, und es endlich tun."

Christo bot ihr seine Hand an. „Eine letzte Sache noch – das Safeword."

Noosh dachte eine Sekunde nach. „Libelle."

Christo nickte zustimmend. „Okay. Denke daran, wenn du jemals Angst hast und willst, dass ich aufhöre, oder du meine Hilfe brauchst, sag es einfach. Ich möchte, dass du genießt, was wir tun."

Noosh presste ihre Lippen auf seine. „Ja, Sir."

Christo grinste und begann, ihr Kleid aufzuknöpfen. Er legte ihre Brust frei, senkte seinen Kopf und saugte an ihrer Brustwarze, wobei er seine Zunge um die Knospe gleiten ließ. Seine Hände bewegten sich ihre Schenkel hoch und trafen auf nackte Haut. Er blickte auf und sein Mund verzog sich zu einem Lächeln. Noosh grinste.

„Ich dachte, warum sollte ich überhaupt ein Höschen anziehen?"

„Setze dich auf mich, mein Mädchen."

Sie tat es und er zog ihr Kleid hoch. „Du bist wunderschön", sagte er, „so rosig und üppig." Seine Stimme klang rau vor Begierde und er schlüpfte mit zwei Fingern in sie und begann, sie zu reiben und nach ihrem G-Punkt zu suchen. Sie umfasste sein Gesicht, doch er schüttelte lächelnd den Kopf. „Ich berühre dich."

Noosh verzog das Gesicht, lachte dann aber leise. Christos Daumen strich über ihre Klitoris und seine Augen waren auf ihre gerichtet. Noosh spürte die Macht seiner Kontrolle über sie und als er plötzlich ihre Klitoris fest kniff, keuchte sie und kam, während sie vor Überraschung kicherte. Sie war völlig durchnässt und Christo drückte hart auf ihren G-Punkt, so dass sie schnell wieder zum Orgasmus kam.

Sie erholte sich keuchend. „Mein Gott, du bist unglaublich."

Christo packte ihre langen Haare mit seiner Hand und zog ihren Kopf zurück, um ihre Kehle zu küssen. Der Schmerz war kurz, aber er schickte einen Nervenkitzel durch ihren ganzen Körper. „Ich gehöre dir ..."

„Und ob du das tust." Er biss fest in ihre Schulter, aber nicht fest genug, um die Haut zu verletzen. Noosh sah, dass er dennoch einen Abdruck hinterließ.

„Bitte ... fick mich. Fick mich hart ... tu mir weh ..."

Christo knurrte und im Nu hatte er sie über die Schulter geworfen und marschierte auf ihr Schlafzimmer zu.

Er warf sie mit dem Gesicht nach unten auf das Bett und Noosh wand sich, als er ihre Handgelenke hinter ihren Rücken zog. Sie spürte, wie er etwas um sie herumwickelte.

„Willst du es härter, Liebes?"

Sie nickte und er zog den Knoten fester, so dass ihre Schultern brannten. Der Nervenkitzel, sich völlig unter seiner Kontrolle zu befinden, wurde noch gesteigert, als er sie auf ihren Rücken drehte und sich über ihr aufrichtete. Sein Schwanz war so hart, dass sie ihn unter seinem eigenen Gewicht schwanken sah. „Ich will dich schmecken. Darf ich dich kosten, Sir?"

Christo nickte, und sie nahm ihn in den Mund und wölbte ihm ihren Körper entgegen. Er legte seine Hände auf ihre Schultern und stützte sie, während sie ihm Vergnügen schenkte, und als er kurz vor seinem Höhepunkt war, zog er sich aus ihr heraus und kam auf ihrem Bauch. Erregung durchfuhr Nooshs Körper, als er seinen Samen in ihre Haut massierte. Er bedeckte ihren Körper mit seinem, drückte sie mit seinem Gewicht nach unten und ließ ihre Schultern schmerzen, aber Noosh war es egal. Die

Art, wie er sie anschaute, verwandelte den Schmerz in das süßeste Vergnügen.

„Spreize deine Beine für mich."

Sie tat es und schlang sie um seine Taille. Er stieß seinen Schwanz tief in sie und küsste sie so leidenschaftlich, dass sie Blut schmeckte, als seine Zähne ihre Haut durchschnitten. Es trug zu der Aura der Gefahr bei, und dennoch hatte sie sich nie mehr geliebt gefühlt.

Christo fickte sie hart und schnell, kam in ihr und zog sich zurück, so dass sie spürte, wie sein Samen ihre Schenkel hinunterlief. Er verschwand für einen Moment und kam mit einer Reitgerte zurück. Er streichelte sanft ihre Haut damit. „Wo willst du es, Baby? Auf die Oberschenkel?"

Sie nickte, und er schlug zu und prüfte ihre Schmerztoleranz. „Härter?"

„Ja, ja ..."

Er schlug die Gerte auf die weiche Haut ihres Innenschenkels und sie keuchte auf, lächelte ihn dabei aber an. „Würdest du meinen Bauch damit schlagen, Sir?"

Christo grinste und hinterließ dort mit der Gerte einen rosa Streifen. Noosh stöhnte. Der Schmerz war so süß, als er wieder ausholte und ein Kreuzmuster auf ihrer Haut erschien. „Ja, ja ...", stöhnte sie und er ließ die Gerte hart auf ihre Brüste niedersausen, so dass ihre Brustwarzen bei der köstlichen Qual hart wurden. Christo drehte sie auf ihren Bauch und peitschte ihren Hintern aus.

Als Noosh keuchte, ließ er schließlich die Gerte fallen und bedeckte ihren Körper mit seinem. „Ich werde dich jetzt von hinten ficken, meine Schöne."

Sie war tropfnass, als er sich in sie schob, und sein Schwanz war so stark angeschwollen, dass es fast schmerzhaft war. Er biss in ihre Schulter, während er sie nahm und murmelte die ganze Zeit vor sich hin. Er erzählte ihr, was er mit ihr tun würde, und ließ sie vor Verlangen stöhnen. Als sie kam, war es eine Explosion der Ekstase, bei der ihr schwindelig wurde.

Sie spürte, wie Christo ihre Hände befreite, und als er sie umdrehte, nahm er sie in seine Arme. Seine Augen waren besorgt. „Alles in Ordnung?"

Noosh lachte. „Oh ja, Baby. Gott, das war intensiv."

Er runzelte die Stirn. „Ich bin froh darüber, wirklich froh. Danke, dass du meine Partnerin bist."

Noosh strich mit ihren Lippen über seine. „Ich bin eine mehr als willige Partnerin. Die Dominanz, die du über meinen Körper ausgeübt hast ... Es war unglaublich."

„Bist du wund?"

Noosh überlegte. „Ein bisschen, aber es ist ein guter Schmerz. Du hast dich zurückgehalten, oder?"

Christo nickte. „Es war dein erstes Mal. Es kann ziemlich dunkel und intensiv werden, und ich möchte dich nie in eine Position bringen, in der du Angst hast." Er fuhr mit seinem Finger über ihre Narben. „Ich möchte nicht, dass du jemals wieder Angst hast."

Noosh blickte zu ihm auf und wusste, dass sie sich nie vor diesem Mann fürchten könnte. Sie strich mit ihren Fingerspitzen über seine dunklen Wimpern. „Ich würde alles mit dir ausprobieren ... außer vielleicht etwas, bei dem ich nicht atmen kann, oder Messerspiele. Nichts mit Blut."

Christo runzelte die Stirn. „So etwas reizt mich nicht, Noosh. Ich werde dich nicht in Gefahr bringen, das schwöre ich bei Gott. Ich könnte nicht weiterleben, wenn ich dich verletze. Ich könnte nicht ohne dich leben."

Seine zärtlichen Worte ließen Tränen in ihren Augen aufsteigen und sie begann zu weinen, lächelte aber. „Es sind Freudentränen, versprochen."

Er drückte seine Lippen gegen ihre. „Ich bin dabei, dir zu verfallen, Noosh."

„Und ich dir, Schatz."

Okay, es war kein ‚Ich liebe dich', aber es fühlte sich richtig an, es zu sagen, selbst so früh in ihrer Beziehung. Aber Noosh wusste ohne Zweifel, dass dieser Mann ihre Zukunft war. Sie wollte jede Minute mit ihm verbringen, die Welt bereisen und neue Dinge entdecken. Er gab ihr so viel Selbstvertrauen, dass Noosh glaubte, es ihm niemals zurückzahlen zu können, aber Christo schien es zu genießen, mit ihr zusammen zu sein, und das war genug für sie.

Sie liebten sich wieder, diesmal langsam, und hatten dabei die Augen aufeinander gerichtet. Ihre Hände streichelten einander, bis sie erschöpft waren. Sie schliefen eng umschlungen ein, während die späte Morgenbrise sanft über ihre heißen Körper wehte.

Es war anders als die Albträume, die sie seit dem Überfall hatte. In jenen Albträumen war der Schütze eine gesichtslose Gestalt mit übergroßer Waffe und sie wachte immer auf, bevor er abdrückte.

In diesem Traum gab es keinen Zweifel, wer es auf sie abgesehen hatte. Destry. Und er jagte sie durch die kalten, kargen Korridore eines großen Hauses. Egal wie schnell sie rannte, er war immer einen Schritt hinter ihr. Sie schrie nach Christo. Er war nirgendwo zu finden, aber dann, als Destry sie packte, sah sie ihn.

An einen Stuhl gefesselt, geschlagen, blutend. Destry zog sie zu sich zurück, als sie an die Seite ihres Geliebten eilen wollte. Christo sah auf und sie sah Tränen über seine Wangen rinnen.

„Ich wusste es immer", flüsterte er. „Ich wusste immer, dass er dich mir wegnehmen würde."

Sie griff nach Christo, als Destry immer wieder ein Messer in ihren Bauch stieß ...

· · ·

NOOSH SETZTE sich auf und atmete schwer. Gott, was für ein Traum, und ausgerechnet *jetzt*. Christo erwachte und war sofort an ihrer Seite. „Geht es dir gut?"

„Nur ein Albtraum", sagte sie und versuchte zu lächeln. Ihr Rücken schmerzte und ihre Haut fühlte sich an, als würde sie brennen. Sie machte ein paar tiefe Atemzüge, damit sich ihr Herzschlag verlangsamte. Christo streichelte ihr Gesicht. Sein Blick war intensiv.

„Ist er es? Der Mann, der dich angeschossen hat?"

Sie nickte. Es gab keinen Grund zu lügen. „Ich habe seitdem diese Albträume. Normalerweise ist es nur eine Wiederholung jener Nacht, aber in dem Traum eben ... du warst da und hast zu mir gesagt, du hättest immer schon gewusst, dass er mich dir wegnehmen würde. Dann hat er mich vor dir erstochen."

„*Jesus.*" Christo fuhr sich mit der Hand durch die Locken und sah verzweifelt aus. Er zog sie in seine Arme. „Niemand wird dich mir jemals wegnehmen. Ich werde dich nur gehen lassen, wenn du – und nur *du* – mich darum bittest."

Sie lehnte ihren Kopf gegen seine Schulter und küsste seine Wange. „Ich werde das niemals von dir verlangen. Nie."

Seine Anspannung ließ ein wenig nach und er lächelte sie an. „Du und ich. Von jetzt an."

„Du und ich", stimmte Noosh zu. „Für immer und ewig."

KAPITEL 14

Christo lächelte sie im Auto an, als sie zurück nach Manhattan fuhren. „Du schmollst."

Noosh grinste. „Ich denke nur an unser kleines Stück Himmel. Diese Woche ging zu schnell vorbei."

Er berührte ihre Wange. „Wenn du willst, gehen wir für immer dorthin. Italien hat auch Radiosender."

„Das klingt verlockend." Sie seufzte. „Aber ich schulde Ally immer noch so viel und muss meine Verpflichtung ihr gegenüber erfüllen. Sie hat mir wirklich sehr geholfen und ist wie eine große Schwester für mich geworden. Ich kann nicht einfach weggehen." Sie beugte sich vor und küsste seine Wange. „Frag mich noch einmal in einem Jahr."

Christo grinste. „Glaube nicht, dass ich das nicht tun werde."

Sie kicherte, als er das Auto in das Parkhaus seines Gebäudes fuhr. „Ich gewöhne mich viel zu sehr daran, im Luxus zu leben."

„Du hast es verdient."

„Ich muss mein eigenes Geld verdienen, damit wir eine Art Ausgleich haben können. Mehr oder weniger", fügte sie hinzu, als er die Augen verdrehte. „Ich weiß, dass ich mit dir nicht mithalten kann, aber ich muss etwas beitragen. Ich bin keine Frau, die sich von einem reichen Mann aushalten lassen will."

„Das weiß ich", sagte Christo, als sie aus dem Auto stiegen und zum Aufzug gingen. Sie küssten sich auf dem Weg zu seiner Penthouse-Wohnung und neckten einander, als sich die Aufzugstüren öffneten.

Christo stieg aus und blieb stehen. Noosh bewegte sich verwirrt an seine Seite, dann sah sie ihn. Der ältere Mann, der Christo so ähnlich sah, konnte nur sein Vater sein. Fogliano Montecito nickte ihr höflich zu und wandte sich dann seinem Sohn zu, der ihn mit versteinertem Gesicht anstarrte.

„Christofalo. Ich bin gekommen, um mit dir zu reden."

„Dann hast du deine Zeit verschwendet", sagte Christo kalt. Er drückte Nooshs Hand. „Wie du sehen kannst, bin ich mit meiner Partnerin zusammen. Ich möchte nichts von dem hören, was du zu sagen hast. Gute Nacht."

„Bitte, Sohn." Die Stimme seines Vaters zitterte vor echten Emotionen und Noosh war bestürzt darüber, Tränen in den Augen des älteren Mannes zu sehen. „Ich bin gekommen, um Frieden mit dir zu schließen – und deiner bezaubernden Freundin. Hallo, Ms. Taylor. Was ich über Ihre Schönheit gehört habe, war nicht übertrieben."

Noosh sah Christo unsicher an und sprach dann. „Hallo, Mr. Montecito."

„Nein, nein, Noosh, das ist *Don* Montecito, vergiss das nicht. Schatz, gehst du rein, während ich mich um Don Montecito kümmere?"

Sie nickte, aber bevor sie in die Wohnung trat, sah sie ihn an. „Wenn du mich brauchst, bin ich hier."

Sie hörte Fogliano sprechen, bevor sie die Tür schloss. „Deine Freundin ist reizend, Sohn."

Sie schloss die Tür und ging weg, um ihnen Privatsphäre zu geben. Ihr idyllischer Urlaub schien jetzt Millionen Meilen entfernt zu sein. *Wir sind zurück in der Realität*, dachte sie und ging duschen.

CHRISTO WARTETE DARAUF, dass sein Vater sprach. Fogliano musterte seinen Sohn. „Du siehst gut aus."
„Es geht mir auch gut."
Fogliano seufzte. „Hör zu, Christofalo, es tut mir leid. Es tut mir leid, wie ich mich verhalten habe und dass ich dich geschlagen habe."
„Und dass du mich erniedrigt hast?"
„Natürlich. Sohn ... ich habe schlecht auf etwas reagiert, das ich nicht kontrollieren konnte – ich weiß, dass ich versagt habe. Ich habe keine Erklärung dafür."
„Du hattest schon immer Aggressionsprobleme, Dad. Mom wusste das nur zu gut."
Foglianos Gesicht wurde hart. „Lass deine Mutter aus dieser Sache heraus."
„Warum? Du hast sie auch geschlagen."
Christo konnte sehen, wie der Zorn seines Vaters unter der Oberfläche wütete, und war froh darüber. Er trieb Fogliano absichtlich zur Weißglut, um zu beweisen, dass sein Vater sich kein bisschen verändert hatte.
Fogliano behielt jedoch die Fassung. „Christo, was auch immer ich in der Vergangenheit falsch gemacht habe, ich versuche, mich mit dir zu versöhnen."
„Du hast dich entschuldigt. Damit ist es erledigt. Jetzt müssen wir uns niemals wiedersehen."
„Das will ich nicht." Fogliano sah zu Christos Wohnung. „Soweit ich gesehen und gehört habe ... könnte ich bald eine Schwiegertochter bekommen, und ich würde sie gern kennenlernen."
„Soweit du *gesehen und gehört* hast? Also spionierst du uns

nach? Großartig, Dad, einfach brillant." Christos Lachen war humorlos, als er sich von seinem Vater abwandte.

Fogliano hielt seinen Arm fest. „Ich werde jetzt gehen, aber vergiss nicht ... Wenn ihr mich braucht ..."

Christo schüttelte die Hand seines Vaters ab. „Das werden wir nicht. Lebwohl, Dad."

Christo ging in die Wohnung und schlug seinem Vater die Tür vor der Nase zu. Einen langen Moment stand er in dem dunklen Flur und atmete tief durch, damit sich sein Temperament abkühlen konnte. Er schloss die Augen und fragte sich, warum sein Vater immer noch diese Macht über ihn hatte und ihn dazu bringen konnte, sich wie ein ungezogenes Kind zu fühlen, statt wie ein Mann. Er kannte seinen alten Vater. Er führte etwas im Schilde. Und bei dem Gedanken, dass Noosh nun auf seinem Radar war, wurde Christo übel. Sein Vater hätte keine Bedenken, Noosh zu benutzen, um Christo zu schaden, und bei Nooshs süßer Natur ...

„Baby?"

Beim Klang ihrer Stimme öffnete er die Augen. Sie sah ihn unsicher an. „Alles in Ordnung?"

Er öffnete den Mund, um Ja zu sagen, aber er konnte sie nicht anlügen und schüttelte nur den Kopf. Noosh kam zu ihm, zog seinen Kopf auf ihre Schulter, umarmte ihn und presste ihre Lippen gegen seine Stirn. „Es ist okay", flüsterte sie, „es ist okay, Baby. Ich bin da."

Christo wusste in diesem Moment, dass er sie aus ganzem Herzen liebte und nichts und niemand jemals zwischen sie kommen würde.

Aber natürlich lag er damit falsch.

KAPITEL 15

Es begann an dem Morgen, nach dem Noosh aus ihrem Urlaub zur Arbeit zurückkehrte. Nachdem sie an der Rezeption von Liam aufgehalten worden war, der jedes Detail ihres „Sex-Marathons" – Liams Beschreibung, aber sie konnte nicht widersprechen – wissen wollte, schaffte sie es schließlich, nach oben in ihr Büro zu gelangen. Im Fahrstuhl schloss sie die Augen und erinnerte sich daran, wie sie an diesem Morgen neben Christo aufgewacht war. Sein Mund auf ihren Lippen, dann auf ihren Brüsten, ihrem Bauch und schließlich ihrer Klitoris … Er hatte sie zum Orgasmus gebracht, bevor er seinen riesigen Schwanz tief in sie gestoßen hatte. Ihr Zentrum und ihre Schenkel schmerzten immer noch von seinem wilden Liebesspiel. Noosh biss sich auf die Unterlippe und versuchte, bei der Erinnerung nicht laut zu stöhnen.

Sie lächelte, als sie in ihr Büro trat und ihre Tasche auf ihrem Schreibtisch ablegte. Allison steckte den Kopf ins Zimmer und lächelte sie an. „Hi, guten Morgen. Schön, dich zu sehen. Hast du einen Moment Zeit für mich?"

Noosh grinste sie an. „Sicher, Chefin, ich habe dich vermisst."

Sie gingen in Allys Büro ... und Nooshs Lächeln verschwand. Ihr Körper wurde eiskalt und jeder Instinkt sagte ihr, dass sie wegrennen sollte.

Destry Papps stand in Allisons Büro. „Ms. Marsh, wie schön, Sie kennenzulernen. Allison hat Sie in den höchsten Tönen gelobt." Er beugte sich vor, um ihre Hand zu schütteln. Der Mann, der sie gestalkt, vergewaltigt, geschlagen und angeschossen hatte, lächelte sie an, als wäre er ein Fremder und nicht ihr schlimmster Albtraum, der vor ihren Augen wahr geworden war.

Noosh fühlte sich taub, als sie zu dritt im Büro saßen und das bevorstehende Interview diskutierten.

Ihr wurde klar, dass sie sich selbst etwas vorgemacht hatte, als sie dachte, dass irgendetwas sie vor Destry schützen könnte. Sie hatte sich im Hintergrund gehalten und versucht, sich nicht bedrohlich zu verhalten – doch nicht einmal der düstere Ruf von Christos Nachnamen hatte Destry von ihr ferngehalten. Aber was hätte sie in den letzten Monaten anders machen können?

Sie glaubte nicht, dass die Polizei ihr helfen würde. Verdammt, die Ermittlungen zu dem Überfall auf sie hatten keine Antworten gebracht. Noosh wusste, dass den Beamten klar war, dass Destry der Täter war, und sie nichts unternehmen würden.

Hätte sie wieder weglaufen sollen? Nein. Auch wenn sie am Ende tot sein sollte, hatte sie wenigstens die Gelegenheit gehabt, Zeit mit Christo zu verbringen – das konnte sie nicht bereuen.

Allison bemerkte die Spannung zwischen Noosh und Destry nicht, oder sie erklärte sie sich mit Nooshs Unwillen zur Zusammenarbeit mit dem Politiker.

Also konzentrierte sich Noosh auf die Diskussion über das

Interview. Sie konnte Destrys Augen auf sich spüren, aber sie warf kaum einen Blick in seine Richtung und ließ Ally die Führung übernehmen.

„Ich denke, es wird großartig für Ihre Kampagne und für unseren Sender sein. Soll ich Seth holen? Er wird Sie sehen wollen, Senator. Noosh, warum gehst du nicht mit dem Senator seinen Terminplan durch und findest Zeitfenster, in denen wir das Interview aufnehmen können?"

Nein, lass mich nicht alleine mit ihm ... Aber Allison war schon aus der Tür und schloss sie hinter sich. Noosh sah Destry nicht an.

„Du bist noch schöner als in meiner Erinnerung."

„Fick dich", schoss Noosh zurück und Destry lachte.

„Ich würde lieber dich ficken, Anoushka, und in Kürze werde ich genau das tun."

Noosh biss die Zähne zusammen und sah ihn an. Destry zeigte ein hochmütiges Lächeln, arrogant und absolut von sich überzeugt. „Du wirst mich nie wieder anrühren, Papps. *Niemals.*"

„Oh, ich denke nicht, dass das stimmt. Bald wird mein Schwanz wieder in dir sein, Anoushka, und ich werde jede Erinnerung an diesen Kriminellen aus deinem hübschen Kopf herausficken."

„Christo ist kein Krimineller und ich wäre lieber tot. Aber das hast du natürlich schon versucht, nicht wahr?"

Destry lachte. „Ich muss zugeben, dass es fast genauso erregend war, die Kugeln in deinen Bauch zu pumpen, wie dich zu ficken. Aber du hast überlebt." Sein Lächeln verschwand. „Oder sollte ich sagen, du darfst weiterleben, solange ich dir das Leben schenke, Anoushka. Du gehörst mir, das darfst du nie vergessen."

Nooshs Augen verengten sich und seine Drohungen machten sie wütend. „Was hält mich davon ab, zur Presse zu gehen und allen zu erzählen, dass du mich angeschossen hast – nachdem du mich mehrfach vergewaltigt hattest? Was würde dann aus deiner Kampagne werden, Senator?"

Er bewegte sich so schnell, dass sie keine Zeit hatte zu reagieren. Er hielt sie in seinen Armen wie in einem Käfig gefangen und sie kämpfte darum, von ihm wegzukommen. Destry küsste ihren Hals und ihre Wange, bevor seine Lippen ihr Ohr berührten. „Meine Kampagne wäre vorbei. Aber denk daran, Anoushka, du wärst tot."

Noosh spürte, wie sich etwas Kaltes und Hartes in ihren Bauch drückte. Etwas Scharfes. Ein Messer. *Gott.*

Destry lachte. „Das ist richtig, mein Schatz, ich werde dich aufschlitzen, ohne zu zögern. Wenn du permanent an meiner Seite lebst, möchte ich, dass du weißt, dass dieses Messer immer zur Hand sein wird und ich dich damit töten werde, wann immer mir danach ist. Ich würde lieber lebenslänglich ins Gefängnis gehen, als dich ohne mich weiterleben zu lassen."

Er ließ sie los und sie rutschte von ihm weg. Ihre Augen waren vor Entsetzen, Wut und Angst geweitet. Destry schenkte ihr ein perfektes Lächeln. „Ich werde dich jetzt in Ruhe lassen, Anoushka, aber bald erhältst du Befehle von mir. Glaube mir, mein Schatz, du befolgst sie besser."

Noosh konnte nicht sprechen. Passierte das wirklich?

Allison kehrte mit Seth an ihrer Seite zurück und die beiden begannen, mit Destry die weitere Planung zu besprechen. Noosh blieb still. Was zum Teufel sollte sie tun?

Sag es Christo.

Sie schloss ihre Augen. *Nein.* Das konnte sie nicht. Sie wollte ihn nicht in etwas hineinziehen, bei dem er verletzt werden könnte. Sie wusste zwar nicht, an wen sie sich sonst wenden sollte, aber angesichts seiner Vergangenheit mit Destry … was für eine Vergangenheit war das überhaupt? Sie musste es wissen, bevor sie ihn um Hilfe bat.

. . .

Später, beim Abendessen, fragte sie ihn danach. Christo sah überrascht aus. „Warum willst du das wissen?"

„Der Mistkerl war heute im Büro und hat sich bei Ally und Seth eingeschmeichelt. Mir ist klar geworden, dass ich dich nie gefragt habe, was damals zwischen euch beiden passiert ist."

Christo nickte. „Bevor ich es dir sage, habe ich eine Frage an dich. Er hat dir keine Angst eingejagt, oder? Denn wenn er das tut, werde ich ihn verdammt nochmal töten."

Nein, er hat nur mein Leben bedroht ... schon wieder. „Nein, ich denke nur, dass er ein Bastard ist." Die Lügen kamen ihr zu leicht über die Lippen. „Erzähle es mir."

Christo seufzte und legte seine Gabel hin. „Er kam in meinem letzten Studienjahr als Gastprofessor an meine Universität."

Noosh blinzelte. „Papps? Als *Professor*? Was war sein Fachgebiet? Lügen und Betrügen?"

Christo schnaubte vor Lachen. „Das würde zu ihm passen, hm? Wie auch immer, er und ich kamen von Anfang an nicht miteinander klar. Er war sexistisch, frauenfeindlich und unprofessionell. Er hatte es auf die Frauen in unserem Kurs abgesehen und hatte Spaß daran, sie herabzusetzen. Ich habe ihn zur Rede gestellt und er hat mich durchfallen lassen. Zu meinem Glück hat die Fakultät die Entscheidung aufgehoben. Ich hatte schließlich ein Fulbright-Stipendium und mein Notendurchschnitt lag von Anfang an bei 1,0."

„Streber."

Christo grinste. „Wenn es nur das gewesen wäre, hätte ich es vielleicht als Zusammenstoß zweier Egos abtun können. Ich hatte damals selbst einen Hang zur Arroganz. Es gab allerdings Gerüchte, viele Gerüchte, dass er Affären mit Studentinnen hatte. Und dann gab es Gerüchte, dass er bei einigen von ihnen gewalttätig wurde."

Nooshs Herz gefror zu Eis. *Oh, das glaube ich sofort.* Sie wartete darauf, dass Christo weitersprach.

Christo seufzte. „Und dann war da noch eine Freundin von mir, Jasmine. Sie war unglaublich, Noosh, du hättest sie geliebt."

„Wart ihr beide ...?"

„Oh, nein, ich war nicht ihr Typ. *Du* wärst es vielleicht gewesen."

„Ah, okay."

„Wenn ich darüber nachdenke ..." Christo brach ab und starrte sie an. Noosh runzelte die Stirn.

„Was?"

Christo war einen Moment still. „Du siehst aus wie sie. Es ist mir noch nie in den Sinn gekommen, aber du tust es. Du siehst aus wie Jasmine. Sie war auch Halbinderin mit schönen langen, dunklen Haaren, großen braunen Augen ... Mein Gott."

„Ganz ruhig." Sie lächelte ihn an und rieb seinen Arm. Christo sammelte sich.

„Er verfolgte sie nach ihrem Abschluss. Sie hat sich bei der Polizei beschwert, aber er hatte schon so viel Einfluss, dass sie nichts unternommen haben." Christos Stimme brach. „Sie ist verschwunden, Noosh. Ich werde nie erfahren, ob sie sich versteckt hat oder ob er etwas damit zu tun hatte. Ich weiß, was ich denke, aber ich kann es nicht beweisen."

Noosh schloss ihre Augen. Sie würde ihr Leben darauf verwetten, dass Jasmine tot war, getötet von dem Monster, das Destry Papps war – und er würde auch *sie* töten.

Nun, Destry, selbst wenn es dir gelingt, mich zu töten, werde ich kämpfen. Ich werde kämpfen für mein Leben und eine Zukunft mit diesem unglaublichen Mann ...

„Christo?"

Christo schien in seinen Erinnerungen verloren zu sein. Er blinzelte und berührte ihr Gesicht. „Ja, Schatz?"

„Ich liebe dich." Ihre Stimme war stark und nicht im Geringsten schwankend, während ihr Blick fest auf seinem lag. Sein Lächeln war der einzige Beweis, den sie brauchte, noch bevor er sprach.

„Ich liebe dich auch, Noosh Taylor. Von Anfang an. Ich denke jeden Augenblick an dich. Wenn wir getrennt sind, sehnt sich mein ganzer Körper nach dir. Wenn wir zusammen sind, will ich dich nur halten, küssen und lieben. Du bist meine Welt."

Sie konnte die Tränen nicht mehr zurückhalten und er zog sie in seine Arme. „Das ist wahre Liebe, oder? Du und ich. Wir können alles durchstehen, solange wir zusammen sind."

Noosh nickte und presste ihre Lippen auf seine. „Ich liebe dich so sehr", flüsterte sie und lehnte ihre Stirn gegen seine. „Ich wollte es dir schon lange sagen, aber du solltest nicht denken, ich wäre ein albernes, verliebtes Schulmädchen. Ich habe mich noch nie so sehr wie eine erwachsene, unabhängige Frau gefühlt wie bei dir. Das hast du mir gegeben."

„Ich verspreche dir, dich zur glücklichsten Frau der Welt zu machen."

„Nein", sagte sie plötzlich. „Keine Versprechen. Wir sollten einander nichts versprechen. Nicht während ..." Sie konnte den Satz nicht beenden. *Nicht während mein Leben in Gefahr ist und ich jeden Moment getötet werden könnte.* „Keine Versprechen. Einverstanden?"

Er sah nicht überzeugt aus, aber er nickte. „Einverstanden. Keine Versprechen ... vorerst."

„Für jetzt. Es ändert nichts daran, wie ich für dich empfinde." Sie sah ihn an und ihre warmen braunen Augen waren groß und ernst.

„Gott, Noosh ..." Er hob sie hoch, trug sie in das Schlafzimmer – das jetzt ihnen beiden gehörte, das wusste Noosh – und legte sie auf das Bett. Dann war er auf ihr und streichelte ihr Gesicht. Seine Augen waren voller Liebe und Ungläubigkeit darüber, dass sie ihm gehörte, und Noosh wusste, dass sie ihn genauso anblickte. *Zur Hölle mit dem Rest der Welt.* Das war echt. Es war das Happy End, das sie verdient hatte. Hier, mit diesem schönen Mann.

Sie gingen eine tiefere Verbindung als jemals zuvor in dem Wissen ein, dass der Rest der Welt ihnen bald wieder Kummer und Sorgen bringen würde.

Aber nicht in dieser Nacht. In dieser Nacht ging es nur um sie beide, um Liebe und Zusammensein. Als die Morgendämmerung über Manhattan hereinbrach, lösten sie sich schließlich voneinander, schnappten nach Luft, lachten und wussten, dass sie in dieser einen Nacht frei gewesen waren.

KAPITEL 16

Allison seufzte, nickte aber. „Wenn du so empfindest, Noosh, dann sei es so."

„Es tut mir leid, Ally. Ich kann dem Senator gegenüber nicht unparteiisch sein. Ich finde ihn ... abstoßend. Wenn du mich feuern willst, dann ist es dein gutes Recht. Ich fühle mich einfach nicht wohl, wenn ich so eng mit ihm zusammenarbeite."

„Ich werde dich nicht feuern, Noosh, sei nicht albern. Ich würde dich niemals dazu bringen, mit jemandem zu arbeiten, mit dem du offensichtlich Probleme hast. Um ehrlich zu sein – und verrate niemandem, dass ich das gesagt habe – bin ich auch nicht wild auf den Mann."

Nooshs Augenbrauen schossen hoch. „Aber warum ...?"

„Weil Journalismus so funktioniert, Noosh. Meistens müssen wir uns mit Themen und Menschen beschäftigen, die uns nicht gefallen. Und ein Präsidentschaftskandidat, vor allem ein populärer Kandidat, ist ein großer Coup für den Sender."

Noosh fühlte sich ein wenig verlegen. „Ich schätze, es zeigt sich, dass ich für diesen Job nicht bereit bin. Der Beitrag, den ich über BDSM gemacht habe ... Was, wenn ich dir sage, dass ich darüber nachdenke, ihn zu beenden?"

Allison wurde munter. „Wirklich?" Sie grinste. „Und es hat nichts mit deinem sexy Freund zu tun?"

Noosh lachte und ihr wurde leichter ums Herz. „Eigentlich hat es alles mit ihm zu tun. Du hast mich gefragt, wie wir uns kennengelernt haben ... Erinnerst du dich, wie ich damals in diesen Club gegangen bin? Vor dem Überfall?"

„Natürlich." Allys Augen weiteten sich. „Oh! Er war der Typ?"

Noosh nickte. „Er war dort und ich wollte ihn. Also habe ich mit ihm geschlafen, aber dann ... ging es ihm nicht gut. Er war nicht bereit für mich. Ich konnte es in seinen Augen sehen, Ally, er hatte solche Schmerzen. Aber er hat mich nie vergessen." Ihre Stimme war sanft und Ally lächelte sie an.

„Du liebst ihn."

„Ja. So sehr, Ally. Er ist wirklich der beste Mann, den ich kenne."

Ally stand auf und umarmte ihre Freundin. „Ich freue mich sehr für dich, Süße. Christo ist das genaue Gegenteil von seinem Vater – und von jemandem wie Papps. Mach dir keine Sorgen. Wenn der Senator hierherkommt, werde ich sicherstellen, dass du gerade nicht im Dienst bist."

„Du bist die Beste."

Ally grinste. „Das bin ich wirklich. Lass uns jetzt an die Arbeit gehen."

IN IHRER LIEBLINGSBAR in der Innenstadt begrüßte Christo Bertie mit einer Umarmung. „Lange nicht gesehen."

Bertie grinste. „Was ist mit der holden Noosh?"

„Sie ist wunderschön, sexy und betörend. Einfach perfekt."

Christo lachte. „Sie schickt dir nette Grüße und fordert dich zu einem Pokerspiel heraus. Zieh dich warm an."

„Das werde ich."

„Wie geht es dir? Irgendwelche Fortschritte mit Helena?"

Bertie verzog das Gesicht, als der Barkeeper ihre Getränke brachte. „Helena datet einen Hedgefonds-Direktor aus Paris", sagte er mit unverhohlenem Ekel. *„Bertie, Schatz, du musst Hollande kennenlernen. Er ist soooo fantastisch."*

„Oh mein Gott", sagte Christo grinsend, „jemand ist eifersüchtig. Du klingst wirklich angepisst."

Bertie zuckte grimmig mit den Schultern. Mit fast vierzig, kurzen mittelbraunen Haaren und einem ordentlich gestutzten Bart war Bertie attraktiv, hatte aber das Pech, mit Christo befreundet zu sein, dessen überwältigende Schönheit alle anderen in den Schatten stellte. Bertie machte dies seinem Freund aber nie zum Vorwurf – Christo war sein Aussehen völlig egal.

„Jedenfalls fange ich an zu denken, dass es noch andere Fische im Meer gibt."

„Jede Menge und sie verdienen dich mehr als Helena."

„Lass uns das Thema wechseln."

Christos Lächeln verblasste. „Was hat dein Detektiv herausgefunden?"

Bertie erzählte ihm, was Alan ihm gesagt hatte. „Also, da ist eine große Lücke, über die niemand etwas weiß – oder niemand reden will. Noosh war in einer Beziehung mit einem Mann, aber ob sie das wollte oder nicht ... wir wissen es einfach nicht."

„Alle schweigen?"

„Alle. Alan hätte es sonst irgendwie herausgefunden. Der Kerl ist verdammt schlau."

Christo war in Gedanken versunken. Eine schreckliche Idee nahm in seinem Hinterkopf Gestalt an. „Okay, wenn es dir nichts ausmacht, sag Alan, dass er weitersuchen soll. Ich will ganz sicher wissen, wer dieser Typ ist."

Bertie runzelte die Stirn. „Ganz sicher? Du meinst, du hast eine Ahnung?"

„Ja, aber ich fühle mich nicht wohl dabei, jetzt schon darüber zu sprechen. Wenn ich falsch liege, könnte das ernsthafte Konsequenzen haben. Wenn ich recht habe ... dann hilf uns Gott."

Bertie sah erschrocken aus. „Christo ... sagst du mir, dass Noosh in Gefahr sein könnte?"

Christo nickte finster. „Leider ja. Aber Bertie ... Ich werde alles tun, um für ihre Sicherheit zu sorgen. *Alles.*"

Zum ersten Mal sah Bertie im Gesicht seines Freundes ein bisschen von Fogliano und er zitterte.

ALS CHRISTO sich eine Stunde später von seinem Freund verabschiedet hatte, trat er auf die Straße hinaus und zog sein Handy hervor. Er rief eine Nummer an, die er auswendig kannte und niemals vergessen würde, solange er lebte, und als eine Frauenstimme antwortete, identifizierte er sich nur, indem er sagte: „Ich bin es. Können wir uns treffen? Ich muss dich etwas fragen."

Er hörte ihrer Antwort zu, nickte dann und sagte: „Okay, in einer Stunde. Bethesda Terrace. Wir sehen uns dort. Danke."

Er hatte eine Stunde totzuschlagen, aber er wusste genau, wohin er gehen würde. Vor ein paar Wochen hatte er in einem Luxus-Laden in der Innenstadt etwas für Noosh in Auftrag gegeben und jetzt wollte er es abholen. Es half ihm, den Kopf für das Gespräch freizubekommen, das er bald führen würde.

DIE BLUMEN KAMEN, als Noosh gerade Ally dabei half, ein

Segment für die Sendung am Abend zu überarbeiten. Liam brachte sie und sie konnte an seinem Gesicht sehen, dass er verstört war. „Was ist passiert?"

„Jemand hat dir Blumen geschickt, Ally. Vergib mir, aber du weißt, dass ich einem Blick in die Karte nicht widerstehen kann. Nur ... es ist keine Karte. Es ist ein Foto."

Ally bemerkte Liams Unruhe, stand auf, nahm die Blumen von ihm entgegen und sah sich das Foto an. Ihr Gesicht wurde bleich und Noosh erhob sich. „Was ist?"

Ally zögerte, dann reichte sie ihr das Foto. Eine Sekunde lang verstand sie gar nichts. Zwei Blutflecken auf ... *Oh Gott*. Sie dachte, sie würde sich gleich übergeben. Es war sie, ihr Bauch, angeschossen – frisch angeschossen. Blut strömte aus dem ersten Einschussloch ein paar Zentimeter über ihrem Nabel und der tiefe Abdruck des Gewehrlaufs füllte sich mit ihrem Blut. Die Schusswunden waren sorgfältig ins Zentrum der Aufnahme gerückt worden. Darunter stand: *Es könnte jedem passieren*.

Destry bedrohte Ally. *Bastard*.

„*Krankes Monster!*" Noosh bebte vor Wut. Ally legte eine Hand auf ihre Schulter.

„Es tut mir so leid, Noosh."

„Warum entschuldigst du dich bei mir?", fragte Noosh ungläubig.

„Weil er dich durch mich verhöhnt. Wir müssen die Polizei rufen."

Noosh schüttelte den Kopf und ließ die Blumen in den Mülleimer fallen. „Nein. Gib ihm nicht die Befriedigung."

„Aber..."

„Reagiere gar nicht darauf."

Ally verschwand in ihrem Büro, und Liam und Noosh hörten sie leise weinen.

Noosh sah hilflos zu Liam, der den Kopf schüttelte und ihre unausgesprochene Frage beantwortete.

„Nun, ich behalte das." Sie winkte mit dem Foto. „Wer auch immer es aufgenommen hat, hat seinen ersten Fehler gemacht."

„Wie das?"

Sie lächelte. „Es ist ein Schuldeingeständnis. Wer sonst hätte dieses Foto machen können?"

Liam umarmte sie und verschwand wieder zum Empfang, während Noosh das Foto betrachtete. Destry quälte sie durch Ally – er war entschlossen, jeden Teil ihres Lebens zu beherrschen.

Du wirst nicht gewinnen, elender Mistkerl. Sie würde auf Destrys miese Tricks nicht reagieren – stattdessen würde sie in Ruhe Beweise sammeln und ihn auf dem Höhepunkt seines Feldzugs gegen sie damit konfrontieren. Sie hatte genug ... und sie wusste, wen sie kontaktieren musste, um ihr dabei zu helfen, Christo bei all dem zu beschützen.

Seinen Vater.

CHRISTO SAH, wie sie sich näherte, und trat aus dem Schatten, um sie zu begrüßen. Die Frau, deren rotes Haar zu einem Bob geschnitten war und die teure Designer-Kleidung trug, nickte ihm ernst zu. „Christo."

„Telly." Er küsste ihre Wange und sie lächelte leicht.

„Immer noch gutaussehend wie die Hölle."

„Immer noch so schön wie der Himmel. Sollen wir uns setzen?" Er grinste sie an, und sie schenkte ihm ein echtes Lächeln und nickte.

Sie fanden zwei freie Plätze auf einer Bank. „Also, warum der Anruf? Ich bin überrascht – wir haben seit Jahren nicht mehr miteinander gesprochen. Ich habe gehört, du hast dein wildes Leben hinter dir gelassen, bist zur Reha gegangen und hast dich in ein britisches Mädchen verliebt."

„Das stimmt alles." Christo musterte sie. „Telly, ich muss dich etwas fragen. Als wir ... zusammen waren ... hast du gesagt, dass dein Mann mit jemandem eine Affäre hatte."

Telly nickte. „Mehrere Affären. Ich habe gehört, dass er in jeder größeren Stadt ein Mädchen hatte. Damals war es mir schon egal. Ich war glücklich darüber, dich in meinem Bett zu haben, obwohl ich wusste, dass du mich nur gefickt hast, um dich an ihm zu rächen."

Christo hatte den Anstand, beschämt auszusehen. „Es tut mir leid, Telly."

Sie berührte seine Wange. „Nicht. Ich durfte *dich* ficken, das war genug für mich. Ich brauchte keine romantischen Gefühle. Aber du ... das bist nicht du. Du warst es damals nicht und jetzt auch nicht. Sieh dich an ... du bist verliebt. Ich kann es spüren."

„Ja. Sehr sogar. Aber ich muss etwas über ihre Vergangenheit wissen – etwas, von dem ich denke, dass du es mir sagen kannst."

Telly sah überrascht aus. „Warum? Wer ist sie?"

Christo beobachtete ihr Gesicht genau. „Anoushka Taylor."

Telly erblasste und stand auf. „Und hier endet diese Unterhaltung." Sie begann wegzugehen, aber Christo holte sie ein und packte ihren Arm.

„Telly, das ist wichtig, bitte."

Sie drehte sich zu ihm um und ihr Gesicht war voller Angst. „Du verstehst es nicht. Die sehr großzügigen Unterhaltszahlungen, die ich bekomme, gehören mir nur unter der Bedingung, dass ich niemals über diese Zeit in Destrys Leben spreche. Und glaub mir, es ist nicht nur das Geld."

Christos Herz sank. Offenbar war seine Vermutung richtig. „Also kannte er sie. Telly, bitte. Ich verstehe dich, aber wir reden hier über die Frau, die ich liebe. Was war sie für ihn?"

Telly sah sich in dem überfüllten Park um. „Nicht hier", sagte sie leise. „Nicht in der Öffentlichkeit."

Christo nickte. In zwanzig Minuten waren sie in der dunkelsten Ecke einer zufällig ausgewählten Bar. Telly zitterte und es beunruhigte Christo, sie so panisch zu sehen. Gott, was für ein Monster war Papps? Er und Telly waren seit fast zwei Jahren geschieden. „Telly, sag es mir."

Sie zögerte und als sie sprach, war ihre Stimme leise und verängstigt. „Sie war anders als die Anderen. Die Anderen waren nur kurze Affären. Das Taylor-Mädchen ... sie wollte zuerst nichts mit ihm zu tun haben. Er stalkte sie und bombardierte sie mit Zuneigungsbekundungen, bis sie schließlich nachgab und zustimmte, sich mit ihm zu verabreden. Ihr erster Fehler. Er kontrollierte alles und sie versuchte zu fliehen. Also hat er sie geschlagen und gedroht, sie zu töten, falls sie ihn jemals verlassen sollte."

Christo fühlte sich, als hätte eine Abrissbirne seine Brust getroffen, nicht nur aus Angst um seine Liebe, sondern auch aus der Eifersucht heraus, dass Noosh jemals mit Destry Papps geschlafen hatte. „Woher weißt du das alles?"

„Ich habe ihn beschatten lassen", sagte Telly humorlos. „Ich habe sein Apartment abhören lassen. Ich sah die Fotos und hörte die Auseinandersetzungen und die Schläge. Die Dinge, die er ihr angedroht hat."

„Er hat sie angeschossen", platzte Christo heraus. „Vor ungefähr einem Jahr. Er hat sie entweder eigenhändig angeschossen oder jemanden dafür angeheuert."

Telly schüttelte den Kopf. „Oh, nein, wenn dein Mädchen angeschossen wurde, dann glaub mir, das hat Destry selbst gemacht. Kann sie es beweisen?"

Christo schüttelte den Kopf. „Vielleicht will sie es auch nicht. Sie hat wohl Angst."

„Aus gutem Grund. Christo, glaub mir. Ich habe keinen

Groll gegen das Mädchen, tatsächlich hatte ich damals schon Mitleid mit ihr. Er ist von ihr besessen. Ich habe keinen Zweifel, dass er es noch einmal versuchen wird, wenn sie nicht zu ihm zurückkehrt – und selbst wenn sie es tut, wird er sie schließlich töten. Das Beste, was du tun kannst, ist, sie weit weg von ihm zu bringen."

Christo fühlte sich niedergeschlagen. „Sie hat schon versucht wegzulaufen, denke ich."

„Nicht weit genug."

„Gott."

Telly musterte ihn. „Wenn er herausfindet, dass ich mit dir geredet habe, bin ich tot."

„Ich werde dich rund um die Uhr beschützen lassen. Oder dich woanders verstecken. Ich kann dir nicht genug danken, Telly."

Sie berührte seine Wange. „Schöner Junge. Du hast mir etwas gegeben, das Destry nicht einmal in einer Million Jahren zerstören könnte."

„Und was war das?"

„Mich selbst." Sie umarmte ihn. „Ich würde dir helfen, ihn auszuschalten, wenn ich es könnte, aber wir müssen realistisch sein. Du, ich, dein Mädchen ... wir sind tot, wenn wir ein Risiko für Destrys Kampagne werden – und Gott sei uns allen gnädig, wenn er Präsident wird."

„Ich meine es ernst, Telly. Ich werde dich beschützen lassen. Was es auch kostet und wo auch immer du hinwillst."

Sie lächelte ihn an und küsste ihn schnell auf den Mund. „Es wäre so leicht gewesen, mich in dich zu verlieben, Junge. Pass auf dein Mädchen auf. Und auf dich selbst."

Sie stand auf und ging. Christo starrte ihr unglücklich nach.

KAPITEL 17

Sie machten einander etwas vor, das wusste Noosh. Irgendetwas belastete Christo, aber sie konnte ihn nicht bitten, darüber zu reden, wenn sie ihre eigenen Geheimnisse hatte. Stattdessen gaben sie beide vor, alles sei in Ordnung, und vorerst würde sie nicht nachfragen. Sie aßen zusammen, nachdem sie gemeinsam gekocht hatten. Dann bat Christo sie, sich mit ihm auf die Couch in seinem Wohnzimmer zu setzen.

„Ich habe etwas für dich."

Er holte eine Tiffany-Tüte hervor und Noosh sah etwas alarmiert aus. Er bemerkte ihren Gesichtsausdruck und lachte. „Mach dir keine Sorgen, es ist kein Heiratsantrag ... noch nicht." Noosh sah erleichtert aus. „Aber", fügte er grinsend hinzu, „es wird irgendwann in naher Zukunft soweit sein, also gewöhne dich an den Gedanken."

Sie kicherte.

„Schließe die Augen, meine Schöne."

Sie spürte, wie er etwas um ihren Hals legte. „Okay, du kannst sie jetzt aufmachen."

Noosh tat es. Eine feine Kette aus Weißgold hing um ihren

Hals und ein Anhänger ruhte zwischen ihren Brüsten. Sie hielt ihn hoch. Eine winzige Libelle aus Diamanten. Sie spürte Tränen in ihren Augen. „Oh, Christo, es ist perfekt."

Er strich ihre Haare hinter ihr Ohr zurück. „Ich wollte dir etwas schenken, aber ich weiß, dass du keinen großen, auffälligen Schmuck magst. Ich liebe dich, Kleines."

Noosh presste ihre Lippen gegen seine und sie küssten sich einen langen Moment. „Ich liebe dich auch. Danke für das Geschenk."

Sie streichelte sein Gesicht, sah in seine Augen und grinste dann, bevor sie aufstand. „Komm, ich habe eine Idee. Wir gehen aus."

„Wohin?"

Noosh küsste ihn wieder, als sie ihn in das Schlafzimmer zog, um sich umzuziehen. „Du wirst sehen."

DESTRY RIEF seinen Detektiv mit einem seiner Prepaid-Handys an. „Sehen Sie sie?"

„Ja. Sie und der Sohn des Don sind gerade in ein Taxi gestiegen und fahren in Richtung Innenstadt. Was soll ich tun?"

„Folgen Sie ihnen einfach und machen Sie Fotos, wenn Sie können." Destrys Magen zog sich vor Eifersucht zusammen. „Was trägt sie?"

„Ein rotes Kleid. Ich muss zugeben, dass sie atemberaubend ist."

„Bitte machen Sie einfach Ihren Job."

Sein Detektiv gab ein dunkles Lachen von sich. „Ich sage ja nur. Warten Sie, das Taxi hält an." Er lachte lauter. „Oh mein Gott."

„Was?" Destry war von dem Mann irritiert. „Was ist?"

Der Detektiv schnaubte. „Boss ... Sie werden nie glauben, wo sie sind."

. . .

CHRISTOS AUGEN WEITETEN SICH, als er sah, dass sie wieder vor dem Club standen, in dem sie sich kennengelernt hatten. Er sah Noosh an, die errötete, ihn aber anlächelte. „Bist du dir sicher, Baby?"

Sie nickte. „Ich denke immer darüber nach, was wir hier machen könnten, und ich möchte alles mit dir ausprobieren. Diesmal richtig. Was sagst du?"

Christo presste seine Lippen gegen ihre. „Ich sage", sagte er, als sie nach Luft schnappten, „lass uns gehen."

Er nahm ihre Hand und sie gingen zusammen in den Club. Der Portier, der das erste Mal so höflich zu Noosh gewesen war, nickte und lächelte. „Willkommen zurück."

Sie grinste schüchtern. „Sie erinnern sich an mich?"

„Natürlich, Ma'am. Ich denke, es wäre schwer, einen Mann zu finden, der sich nicht an Sie erinnern würde. Nicht böse gemeint, Sir."

Christo grinste ihn an. „Keine Sorge, Sie haben absolut recht."

Als sie in den Club hineingingen, nickte Christo den Leuten zu, die ihn gut kannten, und fühlte eine Welle des Stolzes, als sie Noosh mit Bewunderung und unverhohlenem Verlangen ansahen. *Sie ist mit mir hier*, dachte er und fühlte sich wie im Himmel durch die Liebe dieser tapferen, großzügigen Frau.

„Ich liebe dich", murmelte er in ihr Ohr, und sie presste ihren Körper an seinen und bewegte sich zu dem langsamen Beat der sinnlichen Musik, die im Club lief.

Noosh sah unter ihren Wimpern zu ihm auf und er fühlte, wie sein Körper auf sie, ihre Schönheit und das Verlangen in ihren Augen reagierte. „Ich liebe dich", flüsterte sie und presste ihre Lippen auf seine. Gott, sie machte ihn verrückt. Er konnte spüren, wie sein Schwanz hart wurde und sich gegen ihren Bauch drückte.

„Komm mit." Er führte sie in ein kleines Zimmer und einen Moment lang sah sie verwirrt aus. Es gab dort kein Bett und keine Ausrüstung und der Raum war kaum groß genug, um mehr als zwei Personen zu beherbergen. Eine Wand war aus Glas und Christo legte grinsend einen Schalter um. Plötzlich war der Rest des Clubs durch das Fenster sichtbar.

„Das hier wird ‚Die Box' genannt. Sie ist so designt, dass die Leute uns beim Ficken beobachten können – wenn du das willst. Ich würde dich gerne an diesem Fenster nehmen, so dass jeder deinen spektakulären Körper, deine Titten, deinen Bauch und deine Fotze sieht, während ich es dir von hinten besorge."

Noosh gab ein leises Stöhnen der Erregung von sich, und er zog sie in seine Arme und rieb seinen Mund über ihren. „Fick mich, Christo", keuchte sie. „Fick mich hart. Lass alle in diesem Club eifersüchtig werden. Jede Frau soll sich verzweifelt nach deinem glorreichen Schwanz sehnen, wenn du mich in die Unterwerfung fickst ..."

Mit einem wilden Knurren riss Christo ihr Kleid auf, fiel auf die Knie und vergrub sein Gesicht an ihrem Bauch. Seine Finger zerrten an ihrem Höschen. Er zog es an ihren Beinen herunter und seine Zunge fand ihr Geschlecht und peitschte um ihre Klitoris, während sich seine Finger in die weiche Haut ihrer Schenkel bohrten. Er leckte sie hungrig, und Noosh zitterte und keuchte.

Sie wollte sich für seine Großzügigkeit revanchieren. „Ich will deinen Schwanz schmecken", sagte sie, und Christo ließ sie zu Boden gleiten und drehte sich um, damit sie ihn in ihren Mund nehmen konnte, während er seine Zunge in ihr zuckendes Zentrum tauchte.

Sie kamen schnell, und dann zog Christo ihr den Rest ihrer

Kleidung aus und drückte sie gegen das Fenster. Ihre Brüste und ihr Bauch wurden gegen das kalte Glas gepresst und Noosh hatte sich nie schöner gefühlt als in dem Moment, als Christo den Schalter am Fenster umlegte und der ganze Club sie sehen konnte. Bevor sie ihre Augen schloss, sah sie die lasziven Blicke der Männer – und einiger Frauen. Dann stieß Christos Schwanz in sie und seine Hände spreizten ihre Beine weit. Sie lehnte ihren Kopf an seine Schulter, während er sie fickte, und Christo sagte schmutzige Dinge zu ihr, die sie immer feuchter machten.

„Ich werde deine perfekte Fotze ficken, bis du mich anbettelst aufzuhören, meine Schöne, und dann werde ich deinen Arsch in Besitz nehmen. Die Leute sollen dich für mich kommen sehen. Sie sollen die Röte in deinen Wangen sehen, wenn du meinen Namen immer wieder schreist."

Er presste ihre Hände über ihrem Kopf flach gegen das Glas und seine Lippen waren an ihrem Hals, als er seine Hüften gegen ihre rammte. „Sieh dir all diese Männer an, die dich wollen, Noosh. Sie alle wollen mich töten, weil ich derjenige bin, der dich fickt ... stell dir vor, jeder von ihnen hätte die Chance, dich zu ficken ... Erregt dich das? Von zwei Männern gleichzeitig gefickt zu werden?"

Noosh stöhnte vor Lust und Christo lachte. „Wenn du es versuchen willst ... wäre ich damit einverstanden. Hier sind Profis. Ich würde dafür sorgen, dass es sicher ist."

Noosh wollte leugnen, dass sie den Gedanken erotisch und aufregend fand, aber sie konnte es nicht. „Ich liebe dich", sagte sie und suchte in seinen Augen nach Anzeichen von Traurigkeit. Stattdessen fand sie darin nichts als Erregung und Begehren. Sie nickte und er grinste.

Er nickte der Menge zu. „Suche dir jemanden aus."

Sie wählte einen jungen Mann, der sie die ganze Zeit angestarrt hatte. „Er."

Christo nickte, deutete auf den Mann und winkte ihm zu. Der Mann grinste. „Er ist ein Profi", sagte Christo, „einer der Besten des Clubs. Aber erinnere dich an das Safeword, Liebling. Wenn du deine Meinung änderst, dann sag es einfach. Ich werde Reece das Safeword nennen und glaub mir, er wird sofort aufhören, wenn du es benutzt."

Reece klopfte an die Tür und Christo ließ ihn herein und schüttelte seine Hand. Es schien eine seltsam formelle Sache zu sein – besonders in Anbetracht dessen, dass beide Männer nackt waren. Reece war jünger als Christo, aber sein Körper war weicher und nicht so gut trainiert. Er hatte ein süßes Gesicht, ein freundliches Lächeln und einen großen Schwanz. Noosh spürte eine Welle der Nervosität, die Christo offenbar wahrnahm. „Das Safeword ist ‚Libelle', Reece." Der junge Mann nickte.

„Verstanden. Hallo." Er küsste Nooshs Hand. „Ich bin Reece. Du bist exquisit."

Sie grinste. „Ich bin Noosh. Danke."

„Machst du das zum ersten Mal?"

Sie nickte und fühlte, wie Christo seine Arme um sie legte. „Baby, entspanne dich. Willst du, dass Reece dich von vorn fickt, während ich dich von hinten nehme?"

Sie atmete zitternd aus, nickte aber. Sie war fast unerträglich erregt bei dem Gedanken, das zu tun. So nett Reece auch war, konnte sie sich nicht vorstellen, dass der Schwanz eines anderen Mannes in ihr war. Als Christo von hinten und Reece von vorn in sie eindrang, schloss sie die Augen und ließ sich von der puren Lust überwältigen.

Beide Männer begannen sanft, aber bald bettelte sie darum, härter, schneller und tiefer genommen zu werden, bis sie mit einem Freudenschrei kam. Sie hörte Christos tiefes Lachen. „War das gut, Baby?"

„So gut ... so verdammt gut ..." Sie schnappte nach Luft, als Reece sich lächelnd aus ihr zurückzog.

„Du bist wunderschön", sagte er und sah dann zu Christo. „Du bist ein glücklicher Mann."

Christo nickte ihm zu. „Danke, Reece. An der Rezeption wartet ein Geschenk auf dich."

„Danke, Mann." Reece lächelte sie beide an, bevor er verschwand.

Noosh zitterte immer noch von ihrem Höhepunkt, aber sie drehte sich um und küsste Christo. „Du bist der großzügigste, liebevollste Mann der Welt. Jetzt ... möchte ich etwas anderes tun. Lass uns in einen der anderen Räume gehen ... Wir können Meister und Dienerin spielen ... oder Herrin und Sklave, was auch immer du heute Nacht tun willst."

„Hmm." Christo grinste, als er ihre Kleider aufhob, aber nicht versuchte, sich anzuziehen – warum auch? Jeder im Club hatte schon alles von ihnen gesehen. Sie gingen Hand in Hand in einen der Lustschmerzräume.

Drinnen zog Noosh eine Augenbraue hoch. „Nun?"

Christo grinste. „Ich denke, ich weiß, wer heute das Kommando hat ... Ma'am."

Noosh grinste breit. „Verdammt richtig." Sie sah sich im Raum um. „So viel Spielzeug zum Ausprobieren." Sie nahm einen langen Lederriemen und nickte in Richtung eines Stuhls. „Setz dich, Sklave."

Christo gehorchte, und sie wickelte den Lederriemen um seinen Körper und fesselte seine Hände hinter ihm. Dann setzte sie sich rittlings auf ihn, nahm seinen Schwanz in ihre Hände und rieb die Spitze über ihr feuchtes Geschlecht. „Gefällt dir das?"

„Verdammt, ja."

Sie kniff die Augen zusammen. „Habe ich gesagt, dass du es genießen darfst?"

Christo verbarg ein Grinsen. „Nein, Ma'am."

„Hmm." Sie stand auf und ging wieder zum Schrank, um eine Reitgerte auszuwählen. Sie schlug damit leicht gegen seine Brust, war aber unsicher, was sie danach tun sollte. Christo begegnete ihrem Blick.

„Vielleicht möchtest du das auf meiner Brust, meinen Oberschenkeln oder meinem Rücken benutzen? Ich habe das Gefühl, dass ich dafür bestraft werden muss, Spaß zu haben. Ich bin so vieler Vergehen schuldig."

Noosh schenkte ihm ein kurzes, dankbares Lächeln, dann wurde ihr Gesicht neutral. Sie traf seine Schenkel mit der Gerte. „Erzähl mir, was du getan hast."

„Ich begehre jede Sekunde den köstlichen Körper von Ma'am."

Ein Hieb. „Mehr."

„Ich träume von Ma'ams süßer Fotze um meinen Schwanz."

Ein härterer Hieb. „Und?"

„Ich will Ma'am so hart ficken, dass sie schreit." Ein roter Streifen erschien auf seinen Brustmuskeln. „Gott, ja ..."

„Still."

Christo grinste. „Ich entschuldige mich, Ma'am." Sein Schwanz war steinhart und Noosh wäre fast auf die Knie gefallen und hätte ihn in den Mund genommen. Stattdessen setzte sie sich auf ihn und ließ ihn ein wenig in ihren Eingang eindringen – nur um sich dann zurückzuziehen. Christo stöhnte.

„Sag mir, dass du mich willst."

„Gott, ich will dich, so sehr ..."

Sie stellte sich neben ihn. „Leck meine Fotze, Sklave."

Christo tat es und Noosh seufzte, als seine Zunge ihre Klitoris streichelte. „Willst du mich ficken, Sklave?"

„Oh ja." Seine Stimme klang gedämpft und seine Freude dabei, sie zu verwöhnen, war offensichtlich. Noosh lächelte.

„Wenn ich dich freilasse, wirst du mich ficken, bis ich um Gnade flehe?"

„Ja, Ma'am."

„Du musst danach bestraft werden."

„Es ist mir ein Vergnügen."

Sie löste seine Fesseln, und er zog sie auf den Boden und stieß hart in sie hinein, während sein Blick niemals ihre Augen verließ. Gott, er war der verführerischste Mann, den sie je gekannt hatte. Sie drückte ihre Lippen gegen seine, dann knabberte sie an seinem Ohr und flüsterte: „Switch."

Christo verstand sie sofort und sein Grinsen wurde breiter. „Willst du diesen Schwanz, Baby?"

„Ja, Meister."

Er knallte seine Hüften fester gegen ihre, drückte ihre Hände auf den Boden und übernahm die Kontrolle. „Du gehörst mir, verstanden?"

„Ja. Ich gehöre dir."

„Was soll ich mit dir tun, Süße?"

Noosh knabberte an seiner Unterlippe. „Wenn es meinen Meister erfreut ... könnte er mir wehtun."

Christo lächelte. Er strich mit seiner Hand über ihren Körper. „Diesem schönen Körper wehtun?" Er tauchte seinen Daumen in ihren Bauchnabel und drückte fest zu, was sie überraschte, aber Noosh spürte, wie ihr Zentrum sofort auf den stechenden Schmerz reagierte. Christo spielte mit ihrem Bauchnabel, während sein Schwanz sich so hart in sie rammte, dass sie schrie. Seine freie Hand klammerte sich um ihren Mund und er küsste ihr Ohr. „Ich werde dir die Augen verbinden, Baby, dann ist dein Körper mir ausgeliefert, verstanden?"

Er ließ sie wieder kommen, dann hob er sie auf den Stuhl, den er verlassen hatte, und legte ihr eine Augenbinde um. „Du wirst nicht wissen, was als Nächstes kommt, schönes Mädchen."

Noosh erschauerte vor Erwartung, als er eine Reitgerte über

ihre Haut zog, und keuchte, als er sie hart auf ihren Bauch niedersausen ließ. Der süße Schmerz ließ ihr Geschlecht und ihre Beine zittern.

„Gut", sagte Christo wohlwollend, „gut. Sag mir, wem du gehörst, schönes Mädchen."

„Dir, Meister, nur dir."

Die Reitgerte traf zischend ihren Innenschenkel und sie stöhnte.

„Spreize deine sensationellen Beine für mich. Weiter. Weiter. Bis deine Hüften brennen."

Noosh gehorchte. Sie war verloren in dem Moment und in ihrem Rollenspiel. Sie spürte, wie er etwas in sie schob – einen Dildo? Seine Lippen trafen ihre und er küsste sie tief. Seine Zunge tauchte in ihren Mund, während er sie mit dem Dildo fickte. „Wünschst du dir, dass das mein Schwanz wäre?", fragte er zwischen Küssen.

Noosh nickte. „Aber ich gehöre dir. Mach mit mir, was du willst, Meister."

Er kniff in ihre Brustwarzen. „Oh ja ..."

Sie fühlte seine Zunge über ihre Brustwarzen streichen und dann begann er an ihnen zu saugen, während er den Dildo in sie gleiten ließ. Noosh spürte, wie sich ihr Höhepunkt aufbaute, bis sie stöhnend und zitternd von Erregung überflutet wurde.

„Genau so, schönes Mädchen, werde ganz nass für mich. Gleich werde ich dich befreien und du wirst mich besteigen und hart reiten, verstanden?"

„Ja, Meister."

Schließlich ließ er sie los, und sie setzte sich rittlings auf ihn und führte ihn in sich ein. Christos Augen leuchteten. „Ebenbürtig?", fragte er, um das Rollenspiel zu beenden.

Noosh grinste auf ihn herab und ihre Brüste hüpften, als sie seinen Schwanz härter in sich stieß. „Ebenbürtig."

„Ich liebe dich, schönes Mädchen."

„Ich liebe dich auch. Wie habe ich mich bei meinem ersten Mal geschlagen?"

Christo lachte. „Du warst wunderbar. Danke, dass du das für mich getan hast."

„Es war mir ehrlich gesagt ein Vergnügen. Verdammt, das war intensiv."

Als ihr Liebesspiel endete, legten sie sich ein paar Minuten hin. Noosh grinste ihren Liebhaber an. „Ich bin wirklich erschöpft."

Christo lachte. „Das heißt, es war eine gute Nacht. Sollen wir nach Hause gehen, Baby?"

Noosh rollte sich auf die Seite und kuschelte sich an seine Brust. „Zuerst Pizza?", fragte sie hoffnungsvoll und er lachte.

„Dein Wunsch ist mir Befehl."

DESTRY BEOBACHTETE, wie sie in der Pizzeria saßen und zusammen aßen und lachten. Als sein Detektiv ihn angerufen und ihm gesagt hatte, dass sie in einem BDSM-Club waren, hatte er es kaum glauben können.

Er hatte es erst geglaubt, als sie den Club zerzaust und verschwitzt verlassen hatten. Also stand die kleine Schlampe auf Schmerzen.

Hure.

Eifersucht drehte Destry den Magen um und er betastete die Waffe, die er immer dabeihatte – natürlich nicht die, mit der er Noosh angeschossen hatte. Diese Pistole war weit weg von hier versteckt. Er könnte die beiden jetzt jagen und erschießen. Aber das wäre katastrophal für seine langfristigen Pläne.

Nein, er würde Noosh noch früh genug töten und zwar so, wie er wollte. Langsam, qualvoll ... und jetzt wusste er auch, was er mit Montecito machen würde. Gott, dieser verdammte

Scheißkerl war zu lange der Fluch seines Lebens gewesen, und jetzt hatte er seine Hände auf Destrys Eigentum?

Er würde ihn zwingen, bei der Ermordung von Noosh zuzusehen, bevor er eine Kugel in seinen Kopf feuerte. Er würde Montecito dabei zusehen lassen, wie Noosh schrie, wenn er sie langsam aufschlitzte, und dann verblutete.

Destry rollte das Fenster hoch und fuhr lächelnd davon.

KAPITEL 18

Noosh spürte, wie ihr Gesicht brannte, als Ally die neue Geschichte durchlas, die sie geschrieben hatte, und als Ally begeistert jubelte, hätte sie vor Verlegenheit sterben können. Ihre Chefin nahm ihre Brille ab. „Noosh ... weißt du, wie gut das ist?"

Noosh kicherte. „Das will ich hoffen. Es wurde ... intensiv recherchiert."

Ally lachte und sah sie mit neuem Respekt an. „Das kann ich mir denken. Glückliches Mädchen. Mit diesem wunderschönen Mann? Ich freue mich sehr für dich, Noosh. Und das ..." Sie winkte mit der Geschichte in ihrer Hand. „Das ist perfekt für deinen Debütbeitrag. Ich nehme an, Christo ist einverstanden damit, dass du diese Geschichte erzählst?"

„Ja. Er unterstützt mich zu einhundert Prozent." Noosh konnte nicht anders, als bei dem Gedanken an Christo zu lächeln.

„Gut. Beginne mit den Tonaufnahmen. Du kannst sie im Schneideraum bearbeiten, wenn wir mit dem Interview des Senators fertig sind. Du willst sicher nicht hier sein, wenn er kommt, oder?"

Nooshs Lächeln verblasste bei der Erwähnung von Destry. „Definitiv nicht. Ich will dich nicht im Stich lassen, aber ich kann nicht in der Nähe des Mannes sein."

Ally nickte. „Eines Tages wirst du mir den wahren Grund dafür erzählen, aber vorerst respektiere ich deine Wünsche." Sie gab Noosh die Geschichte zurück und lächelte sie an. „Gute Arbeit, Noosh. Glückwunsch."

„Danke, Boss."

NACHDEM SIE TERMINE für weitere Interviews vereinbart hatte, war Noosh auf dem Weg aus dem Gebäude, als Liam sie ansprach. „Hübsche Diamanten", sagte er und nickte bewundernd zu ihrer Libellenhalskette. „Sieht aus wie Tiffany. Maßgefertigt?"

Noosh errötete und nickte. „Es war ein Geschenk von Christo."

Liam lächelte. „Dieser Mann ist verrückt – verrückt nach dir, Nooshy."

„Und ich bin verrückt nach ihm. Wie ist dein Liebesleben?"

„Hektisch und kompliziert, aber das ist nichts Neues. Weißt du, wir waren schon seit Wochen nicht mehr zusammen etwas trinken."

Noosh sah ihn beschämt an. „Ich weiß und es tut mir leid, Liam. Hör zu, wie wäre es mit einem Doppeldate? Ich und Christo und du und ein Mann deiner Wahl. Am Freitag?"

„Freitag ist gut. Im *La Forge*?"

„Okay."

„Machen Sie Pläne ohne mich?"

Noosh erstarrte. Hinter ihr standen Destry und sein Gefolge in der Tür. Destry trug ein hochnäsiges Lächeln, das Noosh reizte, es direkt aus seinem selbstgefälligen Gesicht zu schlagen. Er hatte die Nerven, eine Hand auf ihren Rücken zu legen, als er

Liam begrüßte. Noosh wich zurück. Es war ihr egal, ob sie unhöflich wirkte.

„Oh, verlassen Sie uns, Ms. Marsh?"

Elender Perverser. „Sie werden oben erwartet, Senator."

„Ich frage mich", Destry sah sich um und zeigte den Umstehenden sein bestes Politikerlächeln, „ob es Ihnen etwas ausmachen würde, mir und Ms. Marsh einen Moment unter vier Augen zu geben? Ich würde sie gerne nach ihrer Geschichte fragen und denke, wir sollten das besser privat machen."

Gott, bitte nicht. Aber alle nickten und entfernten sich, sogar Liam, obwohl er einen seltsamen Blick auf Destry warf.

Sobald sie allein waren, verschwand Destrys Lächeln. „Ich hatte gehofft, dass du inzwischen erkannt hast, dass es keine Option ist, mich zu meiden, Anoushka. Du gehörst mir, erinnerst du dich?"

„Halt den Mund, Arschloch", schoss sie zurück. „Du machst mir keine Angst."

„Das sollte ich aber. Das sollte ich wirklich." Er stieß seinen Finger hart in ihren Bauch und sie zuckte zusammen. „Diese drei Kugeln, die ich in dir versenkt habe, werden nichts sein im Vergleich zu dem, was kommt. Und wer weiß? Vielleicht wird es nicht nur dich das Leben kosten."

Noosh erstarrte. „Was?"

Destrys Lächeln war grausam und seine Augen wirkten kalt und tot. „Trenne dich von Montecito oder finde am eigenen Leib heraus, was es bedeutet. Du hast eine Woche, Anoushka. Dann erwarte ich, dass du in mein Hotelzimmer kommst und bereit bist, an meiner Seite zu sein, wenn ich das höchste Amt in diesem Land erreiche."

Noosh wurde übel. „Und dann?"

„Dann, wenn die Wiederwahl naht, ereignet sich eine Tragödie. Du wirst erstochen, meine Umfrageergebnisse werden aus Mitgefühl durch die Decke gehen und ich werde für eine zweite

Amtszeit im Weißen Haus sitzen. Also, du hast die Wahl, Anoushka. Entweder du stirbst bald, zusammen mit deiner Familie, deinen Freunden und deinem Geliebten ... oder ich schenke dir vier weitere Lebensjahre. Glaubst du nicht, dass ich es ernst meine? Du wirst schon sehen."

Er ging davon und ließ Noosh erstarrt und verängstigt zurück. Also ... war es ihr Schicksal, von seiner Hand zu sterben, nicht wahr?

Nein. Fick dich, Destry.

Sie wusste genau, was zu tun war.

Im Taxi rief sie ihre Interview-Partner an und verschob die Termine, dann lehnte sie sich zurück und überlegte, was sie sagen sollte und wie sie das Treffen angehen würde, das kurz bevorstand.

Als das Taxi vor dem Haus hielt, spürte sie eine Welle der Nervosität in sich aufsteigen. Während er aus dem Haus trat und die Stufen zu ihr hinunterging, fragte sie sich, ob sie das Richtige tat.

Sie trat aus dem Taxi und Fogliano Montecito lächelte sie an. „Meine Liebe, was für ein Vergnügen."

Sie schüttelte seine Hand. „Mr. Montecito, danke, dass Sie sich mit mir treffen."

Er musterte sie mit dem intensiven Blick seines Sohnes. „Was ist, Noosh? Was beunruhigt Sie, meine Liebe?"

Noosh fühlte sich den Tränen nahe. „Mr. Montecito, ich brauche Ihre Hilfe. Ich denke, Christo und ich schweben in großer Gefahr, und ich weiß nicht, was ich tun soll."

KAPITEL 19

Christo versuchte erneut, Telly anzurufen, wurde aber auf die Mailbox umgeleitet. Er schnaubte frustriert. Bertie sah ihn an. „Nichts?"

Christo schüttelte den Kopf. „Ich hoffe, es geht ihr gut. Papps' Spione sind überall."

„Nun, unsere auch. Ich habe gehört, Papps wird gerade im Radiostudio interviewt. Ist Noosh dort?"

„Nein, Gott sei Dank nicht. Sie macht Interviews für ihre Geschichte. Hör zu, Bert ... wir müssen Papps davon abhalten, sie zu terrorisieren, und mit etwas Glück das ganze Land vor seiner Präsidentschaft retten."

„Weiß sie, dass du es weißt?"

„Nein, und ich möchte, dass es so bleibt. Ich will nicht, dass sie denkt, dass ich ihr nachspioniere. Aber verdammt, er hat sie angeschossen ..." Ihm wurde schlecht.

Bertie setzte sich neben seinen Freund. „Das wissen wir nicht sicher, Christo. Ich meine, ja, wahrscheinlich hat er es getan basierend auf dem, was wir wissen, aber wir können ihm ohne Beweise nichts anhaben. Wir werden unsere Glaubwürdigkeit verlieren und es könnte Noosh noch mehr in Gefahr bringen."

Die Freunde saßen schweigend in Berties palastartigem Penthouse mit Blick auf den Central Park. Christo starrte auf die Passanten unter ihnen. „An manchen Tagen", sagte er, „möchte ich sie einfach nehmen und von allem wegbringen. Ich will uns ein kleines Stück Himmel suchen, wo uns niemand kennt." Er blickte zurück, sah den besorgten Ausdruck auf Berties Gesicht und lächelte traurig. „Oh, ich weiß, wegzulaufen wäre eine schlechte Idee. Wir müssen dafür sorgen, dass Noosh in Sicherheit ist. Sie ist noch jung und hat ihre Karriere und ihr ganzes Leben vor sich. Und ich möchte nie einer jener Männer sein, die ihre Frau in einem goldenen Käfig einsperren."

„Nein, das bist du auch nicht. Wir wissen beide, dass das nur eine Art von Missbrauch ist." Bertie war einen Moment still und überlegte. „Wir könnten jemanden um Hilfe bitten."

Christo war einen Moment verwirrt, dann schüttelte er den Kopf. „Nein. Auf keinen Fall. Es wäre katastrophal, wenn ich meinen Vater in diese Sache hineinziehe, Bert, und das weißt du auch."

„Wirklich?"

Christo wandte sich von seinem Freund ab, denn er wollte nicht, dass Bertie die Verzweiflung in seinen Augen sah. Auch er hatte sich gefragt, ob sein Vater etwas gegen Destry Papps tun könnte. Er hatte sicherlich die nötigen Verbindungen. Christo seufzte. *Nein.* Es würde bedeuten, alles aufzugeben, wofür er jemals gekämpft hatte, seine ganze Autonomie und Unabhängigkeit von Fogliano und seinem Geschäft. Nein, er, Christo, würde selbst eine Lösung finden. Er würde Papps allein vernichten und Noosh ihr Leben zurückgeben.

Er wandte sich an Bertie. „Nein, Bert. Das bleibt zwischen dir und mir. Verstanden?"

Bertie nickte, sah aber unglücklich aus. „Was wirst du jetzt tun, Christo?"

Christo schüttelte den Kopf. Seine Augen waren voller Leid. „Ich weiß es nicht, Bert. Ich habe keine Ahnung, was ich tun soll. Wie zum Teufel kann ich sie retten?"

FOGLIANO SAß bei Noosh und hielt ihre Hände, während sie ihm alles über Destry Papps' Drohungen erzählte. Seine Augen waren voller Mitgefühl und Noosh fühlte sich besser, als sie ihre missliche Lage beschrieb.

„Und mein Sohn weiß nichts davon?"

Noosh schüttelte den Kopf. „Ich habe Angst, dass er etwas Mutiges und Dummes tut, wenn ich es ihm sage. Und dass es ihn alles kosten wird." Sie suchte Foglianos Augen. „Können Sie mir helfen? Ich würde nicht fragen, wenn ich nicht verzweifelt wäre."

Fogliano stand auf und ging ein paar Augenblicke durch den Raum, bevor er sich wieder hinsetzte. „Meine Liebe ..."

Ein Hoffnungsschimmer durchfuhr sie. „Ja?"

„Ich kann Ihnen nicht helfen."

Das Gewicht von Enttäuschung und Trauer legte sich auf sie. „Ich verstehe."

Er lächelte schwach. „Ich weiß, es ist nicht das, was Sie hören wollen, aber ich kann Ihnen nicht helfen, während Christo über diese Situation im Dunkeln ist. Ich werde ihn nicht mehr anlügen. Lügen und Geheimnisse haben mich schon einmal seine Liebe gekostet." Er streckte die Hand aus und tätschelte ihre. „Was ich tun werde, ist, Ihnen diskreten Schutz zu verschaffen."

Noosh fühlte sich hoffnungslos. „Aber Sie können nicht alle Menschen schützen. Meine Eltern, meine Kollegen ... nein. Es ist okay, ich finde eine Lösung. Vielen Dank für Ihre Zeit."

Fogliano musterte sie. „Sie sind eine sehr tapfere Frau, aber Sie müssen Christo vertrauen. Selbst in dem kurzen Moment, als ich in jener Nacht zu seiner Wohnung kam und Sie beide zusammen gesehen habe, war es mir klar. Sie gehören zusammen. Er liebt Sie mit der gleichen Intensität, wie ich seine Mutter geliebt habe. Und ich weiß, dass es Ihnen genauso geht."

„Wenn es nur um mein Leben gehen würde, hätte ich Sie nicht mit meinen Sorgen belästigt", sagte Noosh leise. „Aber der Gedanke, dass Christo etwas zustoßen könnte ..."

„Sagen Sie ihm alles. Sagen Sie es ihm und wir werden gemeinsam einen Ausweg finden."

Noosh lächelte halb. „Sie wollen ihn zurück."

„Ja. Auf diese Weise können wir uns gegenseitig helfen. Passen Sie in der Zwischenzeit auf sich auf."

„Ich werde es versuchen."

IM TAXI auf dem Rückweg in die Stadt dachte sie nach. Sie wusste, was Fogliano tat – er nutzte die Situation, in der sie steckte, um die Liebe seines Sohnes zurückzugewinnen. Konnte sie ihm deswegen Vorwürfe machen?

Nein. Er hatte ohnehin recht. Sie musste Christo alles erzählen. Wenn sie eine Zukunft miteinander haben wollten, musste sie lernen, anderen Menschen zu vertrauen. Es war nur ... sie wusste, wie leidenschaftlich Christo war – er würde sich mit Dutzenden FBI-Agenten anlegen, um zu Destry zu gelangen, wenn er wusste, dass sie in Gefahr war – und dabei selbst getötet werden.

Verdammt. Sie berührte die kleine Libelle an ihrem Hals und ihr Herz klopfte traurig. Warum konnte das Universum ihr dieses Glück nicht gönnen? Warum wurde es immer von Angst oder Schmerz getrübt?

Noosh lehnte ihre heiße Stirn gegen das Fenster und betete, dass der Taxifahrer ihre stillen Tränen nicht sehen konnte.

ALS SIE ZUM RADIOSENDER ZURÜCKKAM, war Liam ungewöhnlich still. Sie runzelte die Stirn. „Was ist los?"

„Es gibt Probleme", sagte er und zog sie beiseite. „Das Interview mit dem Senator lief nicht gut. Ally fragte ihn danach, was in Washington passiert ist, über die Sexskandale, und er ist durchgedreht. Er war völlig außer sich und ist einfach gegangen. Ally ist schockiert und Seth ist wütend."

„Oh Gott. Was um alles in der Welt hat sie zu ihm gesagt?"

„Ich bin nicht sicher. Vielleicht solltest du nach oben gehen. Ally kann wahrscheinlich im Moment ein freundliches Gesicht gebrauchen."

Noosh nickte. „Ist bei dir alles in Ordnung?"

„Ja, es ist nur ... Was für ein Arschloch."

Du hast keine Ahnung, wie recht du hast. Sie umarmte ihn. „Komm später hoch, wenn die Lage sich beruhigt hat."

„Bis dann."

SIE FUHR mit dem Aufzug zum Studio und warf ihre Tasche auf ihren Schreibtisch. Es war zu leise. Sie ging Ally suchen. Ihre Chefin war in ihrem Büro. Ihr Gesicht war blass, aber Noosh konnte den Zorn noch in ihren Augen sehen. Sie klopfte zögernd an die Tür und Ally winkte sie herein.

„Ich möchte dir gratulieren", begann Ally und Adrenalin schoss durch Nooshs Adern. Steckte sie in Schwierigkeiten? „Für deine unglaublich gute Menschenkenntnis. Destry Papps ist ein Mistkerl."

Noosh atmete erleichtert auf. „Ja, das ist er. Was zur Hölle ist passiert?"

Ally tippte verärgert mit einem Stift auf ihren Schreibtisch. „Ich habe ihm eine Frage gestellt, die nicht abgesprochen war. Das mache ich immer – die Gäste, die in meine Show kommen, rechnen mit schwierigen Fragen. Und die Frage, die ich gestellt habe ... Noosh, sie bezog sich nicht einmal persönlich auf ihn. Ich habe den anderen Kandidaten dieselbe Frage gestellt."

„Die Frage über sexuelle Belästigung? Das ist heutzutage Standard, oder? Colbert, John Oliver ... Diese Late-Night-Moderatoren fragen das auch."

„Ja, genau. Aber Papps ist ausgeflippt. Ich verstehe das einfach nicht."

Ich schon. Wenn man einen Vergewaltiger über sexuelle Belästigung befragt, während er für das höchste Amt des Landes kandidiert, flippt er natürlich aus. „Er war arrogant genug zu glauben, dass du es nicht wagen würdest, den mächtigen Destry Papps nach so etwas zu fragen. Arschloch."

„Du hast mir gesagt, dass er ein Albtraum ist, und mir war nicht klar, wie recht du damit hattest." Ally musterte sie einen Moment, dann stand sie auf und schloss die Bürotür. „Noosh ... es steckt mehr hinter deinem Hass auf Destry Papps als nur Instinkt, oder?" Sie setzte sich auf die Kante ihres Schreibtisches und Noosh begegnete ihrem Blick, ohne etwas zu sagen.

Ein merkwürdiger Ausdruck erschien auf Allys Gesicht und sie atmete zitternd ein, als sie ihre junge Freundin ansah. „Mein Gott, Noosh ... Was zur Hölle hat er dir angetan?"

KAPITEL 20

Christo wartete um fünf Uhr schon an der Rezeption und plötzlich fühlte sich Noosh schüchtern. Sie war zu seinem Vater gegangen, ohne es ihm zu sagen. Hatte Fogliano es ihm verraten?

Das süße Lächeln auf Christos Gesicht, als er sie sah, ließ Noosh das Gegenteil vermuten.

„Hey, ihr zwei, schönen Abend." Liam winkte ihnen zu, als er den Rezeptionsbereich verließ.

„Bye, Kumpel."

„Nacht, Liam."

„Vergesst nicht das *La Forge!*"

Christo sah sie fragend an. Noosh küsste ihn lächelnd. „Wir haben am Freitag ein Doppeldate."

Christo grinste. „Cool. Wie geht es dir, Liebling?"

Ich habe Angst. Aber sie behielt das Lächeln auf ihrem Gesicht. „Besser, jetzt, wo du hier bist. Ally hatte einen schweren Tag, also habe ich den größten Teil des Nachmittags damit verbracht, sie aufzuheitern."

„Du bist eine gute Freundin."

„Und deshalb habe ich auch ein gutes Abendessen verdient." Sie zerrte ihn zum Auto. „Ich bin am Verhungern."

„Wann nicht?" Christo verdrehte die Augen und sie küsste ihn. Dann legte sie ihren Mund an sein Ohr.

„Wenn dein riesiger Schwanz mich ans Bett oder den Boden oder das Fenster nagelt. Dann bin ich nur noch hungrig nach dir ... nur nach dir."

Sie griff nach unten und drückte seinen Schwanz durch seine Jeans. Er stöhnte. „Kleine Verführerin. Jetzt muss ich mit einer Erektion essen gehen."

Noosh grinste ihn an. „Nicht unbedingt."

„Oh?"

„Steig ins Auto und fahr los, Montecito."

SIE GAB ihm im Auto einen Blowjob und saugte an seinem Schwanz, bis er kam und sie seinen Samen schluckte. Irgendwie gelang es Christo, die Kontrolle über das Auto zu behalten, und als er den Parkplatz des Restaurants erreicht hatte, stieg er aus und nahm ihre Hand.

„Ich bin dran", sagte er und führte sie in eine dunkle Gasse hinter dem Restaurant. Er schob ihr Kleid hoch und riss ihr Höschen von ihr. Dann hob er sie hoch, fickte sie gegen die Wand und hielt ihr den Mund zu, um ihre Schreie zu dämpfen. Noosh ließ ihre Haare über sie beide fallen, als sie ihn küsste. Gott, würde sie jemals genug von ihm bekommen?

„Ich liebe dich so sehr", flüsterte sie und kam zitternd zum Höhepunkt, als Christo seinen Samen tief in ihren Bauch pumpte.

Lachend gingen sie essen, bevor sie nach Hause zurückkehrten und sich wieder liebten. Noosh schob jeden anderen Gedanken beiseite und prägte sich jeden Augenblick mit diesem unglaublichen Mann ein.

Sie fielen kurz nach Mitternacht in einen erschöpften Schlaf, wurden aber um drei Uhr von dem Anruf einer schluchzenden, hysterischen Allison geweckt, die ihnen sagte, dass Liam tot war.

DRAUSSEN WAR der New Yorker Himmel vor der Morgendämmerung in ein kränkliches Gelb gefärbt, aber Noosh starrte ihn an, ohne wirklich etwas zu sehen. Sie fühlte sich taub und kalt und selbst Christos Arme um sie herum änderten das nicht.

Liam war auf dem Heimweg von der Arbeit überfallen worden. Er hatte versucht, den Täter abzuwehren, und war dabei erstochen worden. Liam, ihr Kumpel, ihr Kollege, war tot – und in ihren Knochen wusste Noosh, dass Destry ihr eine Warnung schickte. Es war kein Zufall.

Um Himmels willen, tadelte sie sich, *nicht alles dreht sich um dich.* Es war immerhin alles andere als selten, dass Menschen in dieser Stadt überfallen wurden. *Verdammt.*

Sie redete sich das immer wieder ein, bevor sie eine SMS bekam und ihr mit sinkendem Herzen klar wurde, dass sie mit ihrem Verdacht recht gehabt hatte.

EINER WEG, *noch sechs übrig. Tage natürlich ... du weißt, was zu tun ist.*

BASTARD. Sie wollte schreien, aber sie wusste, dass er sie in der Hand hatte. Die Bedeutung seiner Worte war klar. *Trenne dich von dem Mann, den du liebst, und sei mein Eigentum ... oder ich werde sie alle töten.* Eine weitere Nachricht folgte bald.

· · ·

Finde eine Ausrede und triff mich in zehn Minuten in der Seitenstraße hinter dem Krankenhaus. Wenn du eine Sekunde zu spät bist, gebe ich den Befehl, deine Mutter zu töten.

DIE LUFT wich aus ihren Lungen und sie versuchte, all die Panik, die sie fühlte, zu zähmen, als sie sich Christo zuwandte.
„Ich brauche etwas Zeit für mich. Ich brauche Luft zum Atmen."
„Es ist nicht sicher allein da draußen."
Sie versuchte, ihn anzulächeln. „Nur eine Minute."
Widerwillig ließ er sie gehen. Wie ein Automat ging Noosh die Treppe hinunter und in die Seitenstraße hinter dem Krankenhaus.
„Gut. Du bist früh dran."
Noosh ging direkt auf ihn zu. „Töte mich. Jetzt. Sofort. Weil ich lieber sterben würde, als einen Augenblick länger von dir gejagt zu werden."
Destry lächelte. „Du glaubst, dass du hier das Sagen hast. Falls du das immer noch denkst ..." Er reichte ihr sein Handy. Darauf lief ein Video, ein Livestream. Zwei Leute waren an Stühle gefesselt. Sie waren offenbar geschlagen worden und bluteten. Noosh wurde fast ohnmächtig. Ihre Eltern.
„*Nein ... nein ... bitte ... lass sie gehen.*"
„Nur zu gern. Du musst nur eine Sache für mich tun. Trenne dich von deinem Freund. Aber hier ist der Haken, Noosh. Du wirst verkabelt sein, weil ich dabei zuhören will. Ich will hören, wie du ihm das Herz brichst. Ich will hören, wie du ihm sagst, dass du ihn nicht liebst und nie geliebt hast."
Noosh keuchte entsetzt. „Du bist wirklich ein Psychopath. Hast du Liam getötet oder benutzt du nur wieder einmal eine Tragödie für deine eigenen Zwecke?"
„Du kennst die Antwort darauf, Anoushka." Destry berührte

ihr Gesicht und sie zuckte zusammen. Er blickte über ihre Schulter. „Tu es."

Noosh drehte sich um und sah einen von Destrys Männern hinter sich stehen. Hilflos ließ sie sich von ihm verkabeln. Es passierte wirklich und sie konnte nichts tun, um es aufzuhalten. *Oh Gott ...*

Destrys Gesichtsausdruck war hart wie Stein. „Wenn du nach Hause gehst, sag deinem Freund, dass du wegmusst. Ich werde Gerry schicken, um dich abzuholen. Du weißt, was zu tun ist." Er packte ihr Gesicht und hielt es zwischen seinen Fingern fest. „Ich werde euch zuhören. Wenn ich denke, dass du deine Sache gut machst, werde ich deinen Vater freilassen. Sobald du in meiner Wohnung bist, gebe ich den Befehl, deine Mutter freizulassen."

„Woher weiß ich, dass du nicht lügst?"

Destry schenkte ihr ein kaltes Lächeln. „Das weißt du nicht."

Er drehte sich um und ging zurück in seine verdunkelte Limousine. Noosh sah ihm entsetzt nach.

CHRISTO WURDE NERVÖS, als er auf sie wartete. Als Noosh endlich auftauchte, atmete er erleichtert auf. Er lächelte sie an, aber ihr Gesicht war blass. „Alles in Ordnung?"

Noosh antwortete nicht und wollte ihm nicht in die Augen sehen. Stattdessen ging sie zu Allison, die in ihrem Schock stumm dasaß, und legte ihre Arme um sie. „Ich denke, du musst jetzt nach Hause gehen, Ally. Es gibt nichts mehr, was wir hier tun können. Liams Familie wird bald herkommen."

Allison schüttelte den Kopf. „Ich möchte auf sie warten. Du und Christo solltet gehen. Seth ist auch auf dem Weg."

Allison ließ keine Widerrede zu, also waren sie zehn Minuten später wieder in Christos Auto und auf dem Weg zum Apartment. Noosh sagte nichts und starrte nur aus dem Fenster.

Christo nahm ihre Hand, aber sie verschränkte ihre Finger nicht mit seinen, wie sie es normalerweise tat. Christo fühlte, wie sich sein Magen vor Unbehagen zusammenzog, und als sie wieder in seinem Apartment waren, nahm er sie in seine Arme.

„Ich weiß, dass es schwierig sein muss ..."

„Christofalo, wir müssen reden." Ihre Stimme, die normalerweise so warm und humorvoll klang, war kalt und tot. Christo nickte und sein Herz begann, unbehaglich gegen seine Rippen zu schlagen.

„Okay."

Noosh trat aus seinen Armen. „Christofalo ... ich will das nicht mehr."

Er war verwirrt. „Was?"

Sie begegnete seinem Blick. „Das hier. *Uns.*"

Es dauerte einen Moment, bis ihre Worte ihn erreichten. „Wovon zum Teufel redest du?"

„Es ist aus. Vorbei."

Christo schüttelte den Kopf, als wollte er ihre Worte aus seinem Kopf verbannen. „Noosh, du bist aufgebracht. Bitte beruhige dich ..."

„Ich liebe dich nicht, Christofalo."

Es war wie ein Vorschlaghammer auf sein Herz. Christo starrte sie ungläubig an. „Was?"

„Ich liebe dich nicht. Ich glaube nicht, dass ich es jemals getan habe. Es war nur eine Fantasie. Ich gehöre nicht in deine Welt. Ich dachte, ich könnte es, aber weißt du ... ich war nur an deinem Geld interessiert."

„Unsinn. So bist du nicht. Warum machst du das?" Er verfluchte die Tatsache, dass seine Stimme brach, und trat auf sie zu.

„Ich war bei deinem Vater."

Das machte ihn fassungslos. „Warum?"

Noosh schenkte ihm ein schwaches Lächeln. „Ich sagte ihm,

wenn er mir nicht geben würde, was ich wollte, wäre ich weg. Er hat mir nicht gegeben, was ich wollte, also bin ich weg."

Christo fuhr sich mit den Händen durch die Haare, starrte auf die Frau, von der er geglaubt hatte, sie zu kennen, und erkannte sie nicht wieder. „Wer bist du?"

Zum ersten Mal zitterte ihre Stimme. „Für dich bin ich jetzt Vergangenheit, Christofalo. Vergiss mich."

Christo trat auf sie zu, aber Noosh wich zurück und hob die Hände. „Bitte", flüsterte sie. „Bitte nicht."

„Ich liebe dich, verdammt nochmal, und ich weiß, dass du mich auch liebst. Was auch immer das soll ... es ist Schwachsinn. Du und ich für immer, erinnerst du dich? Das hast du selbst gesagt!"

„Ich habe gelogen."

„Nein."

Noosh wandte sich von ihm ab. „Ich werde meine Sachen holen. Du wirst mich niemals wiedersehen."

Christo packte sie am Arm. „Verlasse mich nicht! Das ist ... ich meine, was zum Teufel soll das alles, Noosh? Haben wir uns nicht heute Abend noch in der Gasse hinter dem Restaurant geliebt? Haben wir uns nicht geküsst und zusammen gelacht? Jesus Christus, ich *weiß*, dass du mich liebst."

Noosh riss ihren Arm von ihm weg. „Vergiss mich, Christofalo. Vergiss mich."

„Noosh ..."

Sie trat plötzlich zu ihm und presste ihre Lippen auf seine. Dann griff sie nach seiner Hand und zeichnete etwas auf seine Handfläche, einen Umriss – ein Kreuz? Was zum Teufel sollte das? Er konnte ihre Tränen spüren, als sie eine Sekunde lang ihre Wange an seine schmiegte. „Folge mir nicht."

Christo schloss einen langen Moment die Augen und als er sie wieder öffnete, war sie weg.

KAPITEL 21

Ein Monat später...

Destry Papps sprach mit triumphierendem Gesicht zu seinem Kampagnenteam, als alle ihre Gläser erhoben. „Freunde, wir liegen weit vorne in den Umfragen. Wenn die Nation in einem Monat wählt, zweifle ich nicht daran, dass wir bald ins Weiße Haus einziehen werden. Morgen beginnen wir eine einwöchige Kampagne in den Schlüsselstaaten und ich freue mich sehr, bei dieser Gelegenheit der Welt meine Partnerin vorzustellen. Meine Damen und Herren, meine Verlobte, Miss Sarah Marsh."

Alle im Raum brachen in Beifall aus, als Destry Noosh an der Hand nahm. Sie lächelte nicht. Sie reagierte überhaupt nicht – wie sollte sie auch? Destry hatte sie mit Beruhigungsmitteln vollgepumpt, so dass sie sich kaum noch bewegen konnte. Unter dem schönen Elie-Saab-Kleid, das sie trug, war ihr Körper grün und blau von seinen Schlägen. Es war fast zur Routine geworden. Von seinen Kampagnen-Auftritten aufgeputsch, kehrte er in ihr Hotel zurück und benutzte sie als Boxsack. Zum Glück hatte er sie bisher noch nicht vergewaltigt, aber Noosh wusste, dass es nicht mehr lange dauern würde, bis er es satthatte, darauf zu warten, dass sie einwilligte, Sex mit ihm zu haben.

Er hatte natürlich gelogen. Er hatte ihre Eltern nicht freigelassen, aber wenigstens hatte die Prügel aufgehört, und sie wurden medizinisch versorgt, wenn auch als Geiseln. „Sie werden in einer Einrichtung untergebracht, in der sie sich sehr wohl fühlen werden."

„Wie lange? Du kannst sie nicht für immer gefangen halten."

„Ach nein?" Destry lachte, dann verschwand sein Lächeln. „Nur so lange, bis du tot bist, Noosh. Also wenn du brav bist, noch vier Jahre." Er beugte sich vor, küsste ihre Wange und schmiegte sich an ihr Ohr. „Oder bis ich nicht länger warten kann, das Messer in deinen Bauch zu rammen. Ich muss zugeben, es erregt mich fast so sehr wie der Gedanke daran, dich zu ficken."

„Du bist ein kranker Bastard." Sie hatte ihm ins Gesicht geschlagen, und er hatte sie zu Boden geprügelt (wobei er darauf achtete, ihr Gesicht nicht zu verletzen) und ihr in den Bauch getreten.

Das war letzte Nacht gewesen und jetzt erwartete er, dass sie freundlich zu seinen Unterstützern war. Er hatte offensichtlich vermutet, dass sie die Fassung verlieren würde, und ihr von seinem Hausarzt Beruhigungsmittel verschreiben lassen. Jetzt hatte sie das Gefühl, in einer anderen Welt zu sein.

Der einzige schwache Hoffnungsschimmer war Gerry Noll. Als Destry sie seinem Führungsteam vorgestellt hatte, hatte Gerry überrascht gewirkt, sie zu sehen – tatsächlich sogar verblüfft. Destry hatte sie auseinandergehalten, aber Noosh hatte die Fragen in Gerrys Augen gesehen. Sie sehnte sich den

Tag herbei, an dem sie mit Gerry allein sprechen konnte. Vielleicht würde er ihr helfen.

Weil sie sich völlig hoffnungslos fühlte. Bei den wenigen Gelegenheiten, wenn Destry sie in Ruhe ließ, dachte sie nur an Christo und daran, wie untröstlich er gewesen war. Sie würde dieses schöne, von Trauer gebrochene Gesicht niemals vergessen. *Oh, wie ich dich liebe. Ich liebe dich*, dachte sie, *es tut mir so leid*. Sie hatte versucht, ihm bei ihrem letzten Gespräch Hinweise zu geben, dass etwas nicht stimmte – sie hatte seinen vollständigen Namen benutzt und seine Hand berührt. Sie hatte es nicht gewagt, etwas zu schreiben – sie wusste nicht, ob Destry Kameras in ihrer Wohnung installiert hatte, aber sie würde es dem Bastard zutrauen, so etwas zu tun.

Allerdings vermutete sie, dass Christo ihre Hinweise nicht bemerkt hatte. Wenn sie ihm nur eine Nachricht übermitteln könnte. Sie nahm an, dass Gerry ihr am ehesten behilflich sein würde, aber sie würde sich ganz sicher sein müssen.

Destry führte sie durch den Raum und stellte sie verschiedenen Leuten vor, die sie kaum wahrnahm. Sie schüttelte ihre Hände, ohne zu lächeln, und blieb still, so wie Destry es ihr befohlen hatte. Die stille Anwärterin für die Rolle der First Lady.

First Lady ... wie lächerlich das für sie klang. Noosh konnte sich nicht vorstellen, dass Destry tatsächlich die Präsidentschaft gewinnen würde. Aber es waren schon seltsamere Dinge passiert. *Und es ist nicht so, als hätte ich etwas Besseres zu tun*. Destry hatte sie gezwungen, ihren Job bei der Radiostation zu kündigen, und erlaubte ihr nicht einmal, direkt mit ihren früheren Kollegen zu sprechen.

Am Morgen würden sie ihren ersten Fototermin als ‚Paar' haben. Noosh wurde bei dem Gedanken daran schlecht, da sie wusste, dass Christo, Ally und all ihre Freunde sie an Destrys Seite sehen und verurteilen würde. Destry konnte ihr äußeres

Verhalten kontrollieren – wie sie sich kleidete und was sie sagte –, aber er konnte nichts gegen das Elend in ihren Augen tun und sie wollte es für sich sprechen lassen.

Bitte, Christo, meine Liebe, mein Herz, sieh mir in die Augen – in ihnen findest du alles, was du wissen musst.

Bitte...

AM NÄCHSTEN MORGEN saß Christo in seinem Landhaus, wohin er sich zurückgezogen hatte, nachdem Noosh gegangen war, und sah die Morgennachrichten. Er quälte sich selbst, indem er jeden Beitrag über Papps und Noosh verfolgte. Christo konnte es kaum ertragen, sie anzusehen. Sie war so schön und so eingeschüchtert von dem Mann, der sie misshandelt hatte. Was zum Teufel war los, dass sie zu ihm zurückgegangen war?

„Er hat dich angeschossen, um Gottes Willen. Noosh, ich weiß, dass du ihn genauso hasst wie ich ..."

„Ich habe vielleicht ein paar Neuigkeiten, was das angeht."

Christo zuckte zusammen, als Berties Stimme hinter ihm ertönte. Dann stand er auf und umarmte seinen Freund. Bertie war im letzten Monat sein Fels in der Brandung gewesen und der einzige Grund, warum er nicht aufgegeben oder sich zu Tode getrunken hatte. Bertie war derjenige, der seinen Schmerz und seinen Zorn gelindert hatte und unerschütterlich in seinem Glauben gewesen war, dass Noosh Christo nicht freiwillig verlassen hatte. „Das Mädchen liebt dich von ganzem Herzen, Christo. Hinter dieser Sache steckt mehr, als wir ahnen können."

Und jetzt reichte er Christo einen Ordner. „Das ist, was wir bisher herausgefunden haben. Ihre Eltern werden seit sechs Wochen vermisst und mächtige Leute bei der Polizei haben die Ermittlungen über ihr Verschwinden behindert."

„Mein Gott." Christo ging die Papiere durch. „Also hat Papps sie entführt?"

„Sieht so aus und wenn er sie bedroht hat ..."

Christo nickte. „Aber es macht keinen Sinn, dass Noosh deswegen nicht zu mir kommen würde. Und warum zur Hölle hat sie meinen Vater hinter meinem Rücken getroffen?"

Bertie hob die Hände. „Das wirst du ihn selbst fragen müssen, Kumpel. Er will nicht mit mir reden." Er grinste. „Fog und ich sind noch nie miteinander ausgekommen."

„Weil du dich von ihm nicht herumkommandieren lässt", sagte Christo finster und seufzte dann. „Aber wenn Noosh zu ihm gegangen ist und um Geld gebeten hat ..."

„Hat sie das gesagt?"

„Nun, nein, aber es klang danach."

Berties Mund war grimmig. „Was waren ihre genauen Worte?"

„Dass sie zu meinem Vater gegangen ist und ihn gebeten hat, ihr zu geben, was sie wollte. Sonst würde sie ‚weg' sein – daran erinnere ich mich genau. Aber er hat ihr nicht gegeben, was sie verlangte."

Bertie war einen langen Moment still. „Nun, es klingt sicherlich nicht gut, aber Christo, wir müssen wissen, wonach sie gefragt hat. Ich würde mein Leben darauf verwetten, dass es nicht das ist, was wir denken."

„Also ... werde ich meinen Vater treffen müssen."

„Wenn du dein Mädchen zurückhaben willst, dann ja."

Jetzt war Christo an der Reihe damit, still zu sein. „Ich habe nur das Gefühl ... Papps wird sie töten, Bertie. Das ist, was er will. Er will ihr Leben kontrollieren und dann will er sie töten. Wir müssen etwas unternehmen."

Ein anderer TV-Beitrag über Destry und Noosh begann, komplett mit Nahaufnahmen von ihnen. Bertie und Christo schauten es sich an und dann lachte Bertie kurz auf. „Sieh nur, was sie macht, Christo."

Noosh, die blass und erschöpft wirkte, hatte ihre Finger an ihrer Kehle und spielte mit ihrer Halskette, als die Kameras auf sie zoomten. Sie tippte unauffällig, aber wiederholt auf den Libellenanhänger. Christo dachte daran zurück, wie er ihn ihr geschenkt hatte, und dann an den schrecklichen Tag, an dem sie ihn verlassen hatte.

„Scheiße."

„Was?"

Christo wandte sich an seinen Freund und das Leben kehrte in seine Augen zurück. „Sie warnte mich schon damals, dass das, was sie sagte, nicht echt war. Scheiße, ich habe es nie verstanden."

Bertie sah verwirrt aus, als Christo seine Hand ergriff und ein Muster auf seine Handfläche zeichnete. „Was zum Teufel soll das?"

„Was war das? Welche Form?"

„Ich weiß es nicht. Ein Kreuz?"

Christo lächelte zum ersten Mal seit Wochen. „Nein, Mann, es ist eine Libelle. Das ist unser Safeword. Sie hat versucht, mich wissen zu lassen, dass sie in Gefahr ist." Er nickte zum Fernseher. „Sie hat mich um Hilfe gebeten." Er stand auf, griff nach seinem Mantel und ging zur Tür.

Bertie, der immer noch ein wenig unsicher war, folgte ihm. „Wohin gehen wir?"

Christo, dessen Augen vor Zorn und Hoffnung aufleuchteten, lächelte ihn grimmig an. „Wir werden meinen Vater besuchen."

KAPITEL 22

„Das hast du heute gut gemacht", sagte Destry im Auto auf der Fahrt zurück zum Hotel. „Alle waren tief beeindruckt."

„Wovon?" Die Beruhigungsmittel ließen jetzt nach, und Noosh fühlte sich streitsüchtig und wollte ihn reizen. „Den toten Augen, dem falschen Lächeln, der Abscheu, wenn deine schmutzigen Hände mich berührt haben?"

Destry lächelte halb. „Es ist fast so, als würdest du mich bitten, dich zu bestrafen. Aber andererseits hast du das auch mit dem Kriminellen so gemacht, nicht wahr? Sag mir, hat er dich verprügelt?"

„Fick dich."

Destry lachte. „Apropos, ich denke, ich werde heute in deinem Zimmer übernachten."

Noosh erstarrte. „Nein."

„Das war keine Frage. Und wenn du weißt, was gut für dich ist, Anoushka, wirst du zumindest so tun, als würdest du es genießen."

Noosh drehte sich um und starrte ihn einen langen Moment an. „Was ist mit dir passiert, Destry? Was hat dich so gemacht?"

Destry antwortete nicht und Noosh schenkte ihm ein grausames Lächeln. „Hat Mommy den kleinen Destry nicht genug geliebt?"

Seine Faust traf ihr Gesicht so hart, dass ihr Kopf gegen das Fenster prallte und die Scheibe einen Riss bekam. Noosh hatte das Gefühl, ihre Wangenknochen wären zerschmettert. Dann war Destry bei ihr, löste seinen Sicherheitsgurt und zerrte sie auf den Boden der Limousine.

Es dauerte weniger als fünf Minuten, aber Noosh hatte die ganze Zeit das Gefühl zu sterben. Durch ihre Gehirnerschütterung konnte sie ihn nicht abwehren und als Destry in ihr kam, schloss sie die Augen und wünschte sich den Tod. Sie spürte Stahl an ihrer Haut und öffnete die Augen wieder.

„Tu es. Töte mich, du Bastard." Sie griff nach dem Messer in seiner Hand und versuchte, sich damit zu erstechen. „Ich wäre lieber tot, als mich jemals wieder von dir anfassen zu lassen."

Destry, dessen Zorn nachgelassen hatte, schob das Messer weg und zerrte sie zurück auf den Sitz. „Sprich nie wieder so mit mir, Schlampe. Hier, mach dich sauber" Er warf ihr eine Packung Taschentücher zu.

Ihr Kopf tat furchtbar weh, aber Noosh war es egal. Sie wich vor ihm zurück, rollte sich auf dem Sitz zusammen und drückte ein Papiertaschentuch auf die Schnittverletzungen an ihrem Kopf. *Arschloch.* Als sie das Hotel erreichten und sie in ihre Suite geführt wurden, nicht durch das Foyer, sondern über den Lastenaufzug, wurde ihre Wut zu Entsetzen. *Ein geübtes Manöver*, dachte Noosh. Sie schwankte ein wenig und ihr war schwindelig, aber Destry machte keine Anstalten, sie zu stützen. Noosh stolperte ins Penthouse, als der Aufzug Destrys Suite erreichte.

Zu ihrer Überraschung war Gerry da und sah mit einem Lächeln auf, das verblasste, als er ihr zerschlagenes Gesicht und das Blut auf ihren Kleidern bemerkte. Noosh drehte ihren Kopf, damit er die geschundene rechte Seite sehen konnte.

„Was ist passiert?"

„Anoushka, geh in dein Zimmer. Ich werde Dr. Jacobs zu dir schicken. Gerry, mach den Mund zu, du siehst aus wie ein Goldfisch."

Als Noosh sich nicht bewegte, seufzte Destry übertrieben, packte ihren Oberarm, zog sie zu ihrem Zimmer und stieß sie praktisch hinein.

Noosh schlug die Tür hinter sich zu und schob ihre Kommode vor die Tür. Destry würde heute Nacht nicht zu ihr kommen. Warum sollte er das auch wollen? Er hatte sich im Auto genommen, was er haben wollte.

Noosh ging in ihr Badezimmer und drehte den Wasserhahn auf. Eine Sekunde später drehte sie ihn wieder zu. Beweise. Sie sollte so viele Beweise wie möglich über das sammeln, was er ihr angetan hatte, aber wie? Sie hatte kein Handy oder eine Kamera, um Fotos von ihren Verletzungen zu machen. Sie setzte sich auf den kühlen Fliesenboden, zog ihre Schuhe aus und riss sich das Kleid vom Leib, das sie für die Foto-Termine und Interviews getragen hatte. Ha, Interviews. Sie hatte kaum gesprochen und wenn sie es tat, stellte sie sicher, dass es in einer kalten, toten Stimme war. Trotzdem hatte sie getan, was sie seit Beginn dieser Farce getan hatte. *Libelle. Libelle.* Jedes Mal, wenn sie vor der Kamera stand, berührte sie den Anhänger und hoffte verzweifelt, dass Christo es verstehen würde.

Hilf mir. Rette mich. Ich liebe dich.

Noosh begann, leise zu weinen. Sie verstand nicht, was zur Hölle sie jetzt tun sollte. Sie würde sterben, das war klar, aber sie musste verhindern, dass Destry noch mehr Menschen verletzte.

Es ertönte ein leises Klopfen an ihrer Schlafzimmertür und

sie seufzte. „Geh weg, Destry. Du hast mir schon genug angetan."

„Ich bin es, Noosh. Gerry."

Sie zögerte einen Moment, dann schob sie ihre Kommode beiseite und ließ ihn herein. Er hielt ein Erste-Hilfe-Set hoch. „Seine Majestät hat seine Meinung geändert und will den Arzt doch nicht anrufen. Also bin ich gekommen." Er berührte ihr Gesicht. „Jesus, Noosh, was ist passiert?"

„Du weißt, was passiert ist", sagte sie grob. Sie ging zurück in ihr Zimmer und blickte auf das Erste-Hilfe-Set. „Ist etwas zum Nachweis einer Vergewaltigung da drin?"

Gerrys Gesicht wurde blass. „Nein", sagte er leise, „nein, so etwas habe ich nicht. Oh Gott, wirklich?"

Nooshs Lächeln war unfreundlich und ihre Augen verengten sich. „Du wusstest es. Du wusstest, wie er war und was er mir angetan hat. Was er Telly angetan hat. Tu nicht ahnungslos, Gerry. Du warst sein Komplize."

Gerry stellte das Erste-Hilfe-Set auf das Bett. „Komm, setze dich. Lass mich dir helfen."

Noosh wollte es nicht, aber sie wusste, dass ihre Wunden versorgt werden mussten. Ihre Wunden. *Mein Gott.* Sie ließ Gerry die Verletzungen säubern und verbinden. „Ich frage mich, welche Lüge er der Öffentlichkeit erzählen wird."

Gerry seufzte. „Er hat bereits eine Presseerklärung veröffentlicht. Ein Autounfall."

„Lass mich raten: Als Senator Papps und seine Begleiterin zu ihrem Hotel zurückfuhren, wurde ihr Auto von einem unbekannten Fahrer gerammt. Sowohl Senator Papps als auch seine Begleiterin – ich verdiene keinen wirklichen Namen – wurden leicht verletzt, obwohl Senator Papps auf wundersame Weise keinen Kratzer hat, während seine Hure aussieht, als hätte sie fünf Runden mit Floyd Mayweather im Boxring absolviert."

Gerry lächelte sie an. „Wenigstens hast du immer noch deinen Sinn für Humor."

Noosh warf ihm einen wütenden Blick zu. „Denkst du auch, dass Vergewaltigung amüsant ist? Mord? Die Entführung meiner Eltern?"

„Es tut mir leid. Noosh", er senkte seine Stimme, „denkst du, du bist die Einzige, die er manipuliert hat?"

Noosh musterte ihn. „Nein, aber ich bin wahrscheinlich die Einzige, in die er persönlich ein paar Kugeln gejagt hat. Er lässt seine Schläger alles andere erledigen."

Gerry war sehr still geworden. „Was?"

Noosh lächelte kalt. „Er hat mich angeschossen, Gerry. Eiskalt und aus nächster Nähe."

Sie sah Gerry erbleichen und keuchte überrascht. „Du hast es wirklich nicht gewusst?"

Er schüttelte den Kopf. „Gott, nein, ich ... hätte nie gedacht, dass er zu so etwas fähig ist."

Noosh gab ein angewidertes Geräusch von sich. „Entweder du lügst oder du bist naiv." Sie musterte ihn. „Er wird mich töten, verstehst du? Er hat es mir ins Gesicht gesagt. Wenn ich auf mysteriöse Weise ermordet werde, bringt das Mitgefühl für den Präsidenten, was ihm die Wiederwahl sichern wird. Mein Leben ist in Gefahr, Gerry."

Gerry schloss die Augen. „Was kann ich tun?"

„Hilf mir."

„Wie?"

Noosh seufzte. „Ich weiß es nicht."

„Hey." Sie zuckten beide zusammen, als einer von Destrys Leibwächtern in der Tür erschien. „Der Senator hat darum gebeten, dass Sie zu ihm ins Wohnzimmer kommen. Es gibt Neuigkeiten."

Noosh und Gerry sahen sich an, aber beide folgten gehorsam dem Bodyguard in den Hauptraum der Suite. Destry warf Noosh ein grausames Lächeln zu. „Komm, setze dich zu mir, Anoushka."

Seufzend tat sie, was er ihr befahl. Es hatte keinen Sinn, ihn jetzt zu verärgern. Wenn Gerry ihr half, würde es sich auszahlen, Destry in Sicherheit zu wiegen.

Im Fernsehen berichtete der Nachrichtensprecher über ein Auto, das an der Brooklyn Bridge gefunden worden war.

„Das Fahrzeug wurde identifiziert als Wagen von Telly Wyatt, der New Yorker Society-Lady und Ex-Ehefrau des Präsidentschaftskandidaten Destry Papps. Die Polizei weist darauf hin, dass davon auszugehen ist, dass Mrs. Wyatt von der Brücke in den Tod gesprungen ist. Eine Quelle nahe der Wyatt-Familie sagte AP, dass Mrs. Wyatt seit ihrer Scheidung an Depressionen gelitten habe und in letzter Zeit verschlossen und zurückhaltend gewesen sei."

Noosh fühlte, wie der Schock durch sie hindurchging – sie warf einen Blick auf Gerry, der aussah, als würde er ohnmächtig werden. Natürlich. Sie hatte vergessen, dass Gerry Telly geliebt hatte.

„Nun, das wird mir jeden Monat eine Menge Geld sparen." Destry lehnte sich grinsend zurück. Ein paar seiner Security-Männer lachten unbehaglich, aber sowohl Noosh als auch Gerry blieben stumm. Destry sah sie an. „Kommt schon, es ist zumindest ein bisschen lustig."

„Destry ..." Gerry sah aus, als wäre ihm übel. Er stand auf und ging sich ein Glas Scotch eingießen, ohne um Erlaubnis zu fragen. Destry beobachtete ihn mit einem Lächeln.

„Was ist los, Gerry? Bist du enttäuscht, dass du deine Chance verpasst hast, meine Ex zu ficken?"

Gerry kippte seinen Whisky herunter. „Eine Freundin von mir ist gerade gestorben. Zeige etwas Mitgefühl."

Noosh war erstaunt. Gerry hatte Destry noch nie widersprochen. Sie spannte sich an und wartete darauf, dass Destry explodierte. Der aber zuckte nur mit den Schultern und fuhr Noosh mit einer Hand über den Rücken. „Sei nicht traurig. All dieses Gerede von Ex-Frauen hat mich auf eine Idee gebracht, die unserer Basis und den konservativen Mitgliedern der Partei gefallen wird. Eine Hochzeit. Nichts Luxuriöses, nichts, das aussieht, als hätten wir Kampagnengelder dafür ausgegeben. Im Rathaus. Mit viel Presse. Diese Woche."

„Nein." Noosh schüttelte den Kopf und Destry runzelte die Stirn.

„Du hast nicht wirklich eine Wahl bei dieser Sache, Anoushka. Gerry, du organisierst alles", bellte er den Mann an, stand auf und zog Noosh auf die Füße. „Ich bin bis auf Weiteres im Bett meiner Verlobten."

Als sie durch die Suite gezerrt wurde, drehte Noosh sich um, um Gerry verzweifelt anzusehen. Er schaute zurück – und nickte fast unmerklich. Es hätte alles bedeuten können, aber Adrenalin und Erleichterung strömten durch Nooshs Körper.

Er würde ihr helfen.

KAPITEL 23

Christo rutschte unbehaglich auf dem Stuhl im Arbeitszimmer seines Vaters herum. Er warf Bertie einen ungeduldigen Blick zu. „Ist das jetzt seine Taktik? Uns warten lassen?"

„Beruhige dich, Alter. Wir sind für dein Mädchen hier. Wenn Fog mit uns spielen will, um sich überlegen zu fühlen, lass ihn. Nooshs Leben steht auf dem Spiel, also vergiss deinen Stolz."

Christos Augenbrauen schossen hoch und er lächelte zum ersten Mal seit Wochen. „Wow. Du bist ein Mann klarer Worte."

Bertie nickte. „Darauf kannst du wetten."

Christo grinste. „Also gut." Sein Handy piepte beim Empfang einer Nachricht und er las sie. Sein Lächeln verblasste. „Nein. Nein ... oh Gott."

„Was?"

Christo ließ den Kopf in seine Hände sinken. „Telly. Telly ist tot."

„Was sagst du da?"

„Selbstmord. Oh verdammt ... ich habe sie in den Tod getrieben."

„Das kann man so nicht sagen."

Beide Männer sprangen auf und drehten sich um, als eine lebendige Telly flankiert von Fogliano und seinem Anwalt in den Raum trat. Christo starrte sie an und sie lachte, kam zu ihm und umarmte den fassungslosen Mann. Bertie grinste und sah Fogliano an.

„Steckst du dahinter?"

Fogliano reckte stolz das Kinn. „Es ist nur der erste Teil des Plans, mein Freund." Als Telly Christo losließ, sah er seinen Sohn an. „Hallo, Christofalo."

Christo richtete sich auf. „Hi, Dad."

Die beiden Männer starrten sich lange an, dann legte Fogliano seine Hand auf den Arm seines Sohnes. „Warum setzen wir uns nicht und besprechen, wie wir dein Mädchen zurückbekommen können?"

„ICH WAR BEI FOGLIANO, weil ich nicht wusste, an wen ich mich sonst wenden sollte. Destry hat Verbündete in der Regierung, bei der Polizei und an Orten, die man sich nicht einmal vorstellen kann." Telly sah Bertie und Christo an. „Ich denke – und korrigiert mich, wenn ich falsch liege – dass Noosh die gleiche Idee hatte."

Christo sah seinen Vater an. „Dad, ich muss dich etwas fragen. Als Noosh mich verlassen hat, hat sie mir gesagt, dass sie dich besucht und um etwas gebeten hat, und dass sie weg wäre, wenn du es ihr nicht gibst." Er holte Luft. „Dad, bitte sag es mir. Hat sie dich um Geld gebeten?"

Fogliano lächelte seinen Sohn an. „Nein, Christofalo, sie ist nicht für Geld zu mir gekommen. Sie kam zu mir mit der Bitte um Schutz ... für dich."

Christo hatte nicht erwartet, dass ihn die Erleichterung so hart treffen würde, aber er beugte sich vor und atmete tief ein.

Telly rieb ihm den Rücken und einen Moment lang saßen alle schweigend da.

„Aber du hast Nein gesagt?" Bertie stellte die Frage, von der er wusste, dass sie Christo auf der Zunge lag.

„Das habe ich", sagte Fogliano langsam. „Meine Erfahrung sagte mir, wenn Noosh glauben würde, dass ich mich darum kümmere, würde sie weniger ... vorsichtig sein. Wie sich herausstellte, hätte ich ihr sagen sollen, dass ich die Absicht hatte, euch beiden zu helfen. Christofalo ... Christo ... Ich habe viele Dinge in meinem Leben getan, die ich bedauere, aber nichts bereue ich mehr als die Schmerzen, die ich meiner Familie zugefügt habe. Dir und deiner Mutter. Ich weiß, dass du mich für ihren Tod verantwortlich machst, und ich gebe mir auch die Schuld daran. Ich habe nicht erkannt, wie krank sie war."

Er wandte einen langen Moment den Blick von seinem Sohn ab. „Als wir uns trafen ... die Liebe, Christo, die Liebe, die wir füreinander empfanden. Ich habe so eine Liebe in Nooshs Augen gesehen. Sie liebt dich und würde für dich sterben."

„Und ich für sie", sagte Christo leise und Fogliano nickte.

„Das weiß ich, mein Sohn. Also begann ich unauffällig, meine Kontakte zu aktivieren, um zu sehen, wie wir Papps ausschalten und Noosh aus seinem Einfluss befreien können. Ich habe herumgefragt, besonders nachdem sie dich angeblich für ihn verlassen hatte."

„Und was hast du herausgefunden?"

Fogliano zögerte. „Ich weiß, wo ihre Eltern festgehalten werden. In einer kleinen Festung an der schottischen Grenze. Meine Männer beobachten sie und warten auf meinen Befehl, dann werden sie eingreifen."

Christo sah ihn scharf an. „Warum hast du sie noch nicht befreit?"

„Wenn Papps denkt, dass er keinen Druck mehr auf Noosh

ausüben kann, wird er sie töten. Beruhige dich." Berties Stimme war hart.

Christo seufzte. „Natürlich. Es tut mir leid." Er sah Telly an. „Welche Rolle spielst du bei all dem ... Und warum der vorgetäuschte Selbstmord?"

Telly lächelte ihn an. „Nachdem du und ich auf der Bethesda Terrace miteinander gesprochen hatten, kam Fogliano auf mich zu."

„Ich habe dich und Noosh beschatten lassen – natürlich nur zu eurem Schutz", fügte Fogliano hinzu. „Ich wusste, Telly könnte uns helfen, Papps zu vernichten. Sie hätte gegen ihn aussagen und seine Chancen bei der Wahl ruinieren können. Daher war ihr Leben in Gefahr, also haben wir uns die Sache mit dem angeblichen Selbstmord ausgedacht. Wir werden Papps im entscheidenden Moment damit konfrontieren, dass sie noch lebt."

„Wie das?"

„Eine Pressekonferenz", sagte Telly. „Ich werde allen die Wahrheit über Destry Papps sagen."

„Er wird versuchen, dich als rachsüchtige, verbitterte Ex-Frau darzustellen."

Telly nickte. „Das ist ziemlich wahrscheinlich, aber ich habe noch ein Ass im Ärmel."

„Was?"

Sie lächelte. „Gerry Noll. Destry ist überzeugt, dass er ihm loyal ergeben ist, und das ist er auch – allerdings hat er eine Schwäche."

„Und die wäre?"

„Ich. Gerry und ich daten seit ungefähr einem Jahr. Ich verdanke ihm, dass ich die ganze Zeit am Leben geblieben bin. Destry vertraut ihm – oder vielmehr ist er arrogant genug zu glauben, dass Gerry ihn nicht verraten würde. Wenn ich an die

Öffentlichkeit gehe, garantiere ich, dass Gerry mich unterstützen wird."

Christo schüttelte den Kopf. „Das ist zu wenig für mich. Ich brauche Sicherheiten."

„Es gibt keine, Sohn", sagte Fogliano. „Wir haben es mit einem Psychopathen zu tun, der eine enorme Macht und Reichweite hat. Für ihn sind Frauen Objekte, die er besitzt und tötet. Bis er Noosh traf, war er sehr bedacht darauf, seine Spuren zu verwischen, wie er es bei deiner Freundin Jasmine getan hat. Aber seine Obsession mit Noosh ..."

„Ist seine Schwäche?" Christo setzte sich mit Feuer in den Augen auf und Fogliano nickte.

„Und deine."

„Nein." Christo schüttelte den Kopf. „Sie ist meine *Stärke*."

Fogliano lächelte seinen Sohn an. „Was auch immer zwischen uns in der Vergangenheit passiert ist – ich war nie stolzer auf dich als in diesem Moment. Wir werden für deine Liebe kämpfen, Christo. Auch wenn es uns alles kostet."

Berties Handy piepte und unterbrach den Moment und sie sahen ihn an, als er es mit grimmiger Miene hochhielt. „Sieht so aus, als müssten wir uns beeilen. Der Senator hat gerade verkündet, dass er heiratet."

KAPITEL 24

Noosh lag unter Destrys schwerem, schwitzendem Körper, als er in sie eindrang. Sie war wie betäubt und wünschte sich, sie könnte sich einfach entscheiden zu sterben und es wäre vorbei. Er vergewaltigte sie jede Nacht und sie zwang sich, nicht gegen ihn anzukämpfen. Destry nicht zu reizen war eine Sache, aber vorzugeben, sein „Liebesspiel" zu genießen, war eine andere.

Nachdem er fertig war, rollte er sich von ihr herunter und stand auf. Zum Glück benutzte er immer ein Kondom und als er jetzt in das angrenzende Badezimmer ging, seufzte er lange.

„Anoushka, wenn wir verheiratet sind, erwarte ich, dass du eine willige Partnerin bist. Ich erwarte, dass du aktiv bist."

Keine Chance. Verheiratet. Fuck, nein. Sie setzte sich auf und wartete darauf, dass er das Badezimmer verließ, damit sie seinen Gestank von sich abwaschen konnte. Er kam zurück, griff aber nach ihrem Arm, als sie aufstand, und zog sie auf das Bett zurück. Er fuhr mit dem Finger über ihren Bauch und die Narben dort und grinste.

„In vier Jahren werde ich dich zu einer abgelegenen Hütte bringen, die ich auf Long Island besitze. Dort werde ich dir dein

Leben nehmen. Ich werde so oft auf dich einstechen, dass der Gerichtsmediziner gar nicht damit anfangen wird, die Wunden zu zählen. Dein Körper wird entdeckt werden und ich werde, vom Tod meiner schönen Frau am Boden zerstört, eine vollständige Untersuchung anordnen ... und Christofalo wird verhaftet und wegen Mordes vor Gericht gestellt werden. Er wird für schuldig befunden werden, denn das Messer, mit dem du getötet wirst, wird in dem Haus, das ihr miteinander geteilt habt, versteckt sein. Er wird ins Gefängnis kommen ... und bald darauf tot aufgefunden werden – von den Feinden seines Vaters unter der Dusche ermordet. Er wird Stiche in den Bauch bekommen, so wie du, Anoushka. Es muss ein Trost sein zu wissen, dass du und dieser Verbrecher auf die gleiche Art sterben werdet."

Destry sagte das alles in einer Singsang-Stimme, aber seine Worte hatten den gegenteiligen Effekt von dem, was er wollte, und erschreckten sie nicht. Stattdessen begann Noosh zu lachen. Destrys Gesicht verzog sich vor Wut, aber sie kicherte weiter.

„Du bist wirklich verrückt, nicht wahr?" Noosh schubste ihn von sich. Sie stand auf, ging zu einer Schublade im Badezimmer und zog eine Schere heraus. Sie gab sie ihm. „Mach es jetzt. Töte mich. Stich mir damit in den Bauch. Komm schon, du Feigling, worauf wartest du?"

Sie packte seine Hand mit der Schere und drückte die scharfe Spitze in ihren Bauchnabel. „Schlitze mich auf. Verdammt, schlachte mich ab, Destry, denn ich schwöre bei Gott, heute war die letzte Nacht, in der du mich jemals angerührt hast."

„Fordere mich nicht heraus, Mädchen."

„Doch, genau das tue ich. Das ist es, Destry, das ist das Ende meiner Geduld. Für wen zum Teufel hältst du dich? Mach schon, bring mich um, töte meine Eltern, Christo und alle, die mir wichtig sind. Ich schwöre dir, dass du nicht damit durchkommen wirst, du niederträchtige Parodie eines Menschen."

Destry packte ihren Hals, würgte sie und zwang sie gegen die Wand. Noosh spürte, wie sich die Schere in ihre Haut drückte. „Du verdammte kleine Hure!"

Noosh rammte ihr Knie in seinen Unterleib. Ihr war jetzt alles egal. Sie *wollte*, dass er sie verletzte – so schlimm, dass er es nicht als Unfall abtun konnte und es für die Welt offensichtlich wurde, was für ein Monster er war.

Er ließ sie los und sank mit schmerzverzerrtem Gesicht zusammen. Noosh rutschte an der Wand herab und rang um Atem. Ihre Kehle war wund. Schließlich stand Destry auf und schaute mit unverhohlenem Hass auf sie herab. „Dafür wirst du bezahlen, Anoushka. Aber erst, wenn wir verheiratet sind. Unsere Flitterwochen werden unvorstellbar schmerzhaft sein. Vergiss das nicht."

Er ließ sie allein und Noosh rollte sich zusammen. Was hatte sie erreicht? Nicht viel. Zu spät sah sie, dass er die Schere mitgenommen hatte – warum zum Teufel hatte sie nicht gewartet, bis er eingeschlafen war, und ihrem Leben damit selbst ein Ende gesetzt?

Weil er ihre Eltern hatte. Wenn Destry tot aufgefunden wurde, würden sie sofort getötet werden. Gott, er hatte sie wirklich in seiner Gewalt.

Noosh konnte nicht weinen – sie hatte keine Tränen mehr. Sie zog ihren Bademantel an und rollte sich in der Ecke zusammen, weil sie nicht in dem Bett liegen wollte, wo sie vergewaltigt worden war. Sie fiel in einen unruhigen Schlaf, nur um plötzlich aufzuwachen, als eine Hand sie berührte.

Gerry legte den Finger an die Lippen. „Er schläft. Ich habe nur ein paar Sekunden."

Noosh starrte ihn einen Moment an. „Hilfst du mir?"

Er nickte. Noosh überlegte, dann nahm sie ihre Halskette ab

und ließ sie in seine Hand fallen. „Bring das zu Christo. Sag ihm alles. Sag ihm ... es tut mir leid ... Sag ihm, dass ich ihn liebe. Ich werde ihn immer lieben, egal was passiert. Stelle sicher, dass er meine Eltern rettet. Sie müssen seine Priorität sein."

Gerry nickte und stand auf, um zu gehen. Sie griff nach seiner Hand. „Danke."

Er nickte. „Für Telly."

„Für Telly."

CHRISTO WAR NOCH WACH. Er war zurück in seinem alten Zimmer in der Villa seines Vaters, was sich komisch anfühlte, und doch ... nachdem Bertie und Telly sich zurückgezogen hatten, hatten Christo und Fogliano zum ersten Mal seit Ewigkeiten richtig miteinander gesprochen. Sie sprachen über Ornella, den Schmerz seines Vaters bei ihrer Krankheit, ihren Tod und seine Schuld. Er entschuldigte sich immer wieder dafür, dass er Christo geschlagen hatte.

„Ich kann nicht so tun, als wäre ich ein guter Mann", sagte er. „Aber ich kann versuchen, ein besserer Vater zu sein."

Es war fast Morgen, als sein Vater schlafen ging. Vorsichtig umarmte er seinen Sohn. Es war ein wenig unbeholfen, aber Christo erwiderte die Umarmung. Fogliano musterte ihn. „Vertrau auf ihre Liebe. Vertrau auf deine Liebe. Träume von ihr, mein Sohn. Träume von eurer Zukunft und der Familie, die ihr zusammen haben werdet. Glaube daran."

Christo schloss die Augen und stellte sich vor, dass er und Noosh zurück in ihrer kleinen italienischen Villa waren. Er erinnerte sich daran, wie gern sie nackt auf den Ozean hinausgeblickt hatte. Er träumte, dass er bei ihr war, seine Arme um ihre Taille schlang, seine Lippen auf ihre Schulter drückte und den frischen Duft ihrer Haut einatmete.

„Ich liebe dich", murmelte er. Sie drehte sich in seinen

Armen um und presste ihre Brüste gegen seinen nackten Oberkörper. Ihre dunkelbraunen Augen waren sanft vor Liebe, als sie sein Gesicht in ihre Hände nahm.

„Ich liebe dich auch, Christo, so sehr."

Sein Mund fand ihren und sie umarmten sich, bis sie atemlos waren. Christo schob seine Hände zwischen ihre Beine und lächelte.

„Du bist nass."

„Für dich immer, Baby." Sie glitt mit den Händen in den Hosenbund seiner leichten Baumwollshorts und streichelte seinen Schwanz. Er zitterte und versteifte sich in ihren Händen, und als er hart war, zog sie an der Kordel seiner Hose, so dass sie zu Boden fiel.

Szenenwechsel. Sie waren im Schlafzimmer. Noosh war auf dem Bett und Christo sah zu, wie sie langsam ihre Beine spreizte und ihn anlächelte. Er starrte auf den schönen Anblick ihres Zentrums – rosa, geschwollen vor Erregung, glitzernd und feucht. Er gab ein Stöhnen von sich, bedeckte ihren Körper mit seinem und schob seinen Schwanz tief in ihren samtigen Kanal. Das Keuchen, das sie von sich gab, spornte ihn an, als er sich in ihr bewegte. Sie klammerte sich an ihn, rieb ihre harten Brustwarzen gegen seinen Oberkörper und küsste ihn innig. Ihre Fingernägel bohrten sich in seinen Hintern und er wurde immer schneller.

Ihr Schrei, als sie kam, war wie Musik in seinen Ohren, und als auch er seinen Höhepunkt erreichte und seinen Samen tief in ihren Bauch pumpte, flüsterte sie immer wieder, wie sehr sie ihn liebte.

Szenenwechsel. Diesmal war sie barfuß, trug ein leichtes weißes Baumwollkleid und ihr Bauch war gerundet. Bevor er sich versah, war da ein Kind, ein dunkelhaariges, karamellhäutiges Kind mit seinen grünen Augen, das über die Wiese hinter dem Haus rannte. Er und Noosh jagten ihm hinterher, während es kicherte und vor Freude schrie.

Szenenwechsel. Ein Krankenhausbett, ein neugeborenes Kind, ein Junge mit den dunklen Locken seines Vaters. Eine erschöpfte aber begeisterte Noosh küsste seinen winzigen Kopf und drückte dann ihre Lippen auf Christos Mund.

Szenenwechsel. Noosh kam mit winzigen weißen Blumen in ihrem Haar auf ihn und den Altar zu. „Endlich", sagte Christo zu ihr, als das Bild sich auflöste und der Schlaf ihn übermannte.

Als er am Morgen aufwachte, wusste Christo, dass er diese Zukunft wahr werden lassen würde, selbst wenn er dafür töten musste.

KAPITEL 25

Noosh erwachte am Tag ihrer Hochzeit und wünschte sich, sie wäre tot. Gerry war mit ihrer Halskette verschwunden und nichts war passiert. Nichts. Sie fühlte sich betrogen und deprimiert, und ihre letzte Hoffnung war weg. Hatte Gerry seine Meinung geändert? Oder hatte Destry den Verrat des Mannes entdeckt und ihren einzigen Verbündeten getötet?

Es war egal. In ein paar Stunden würde sie Destrys Frau sein – der Gedanke brachte sie zum Würgen – und alles würde vorbei sein. Sie hätte sich umgebracht, allerdings würde Destry dann keinen Grund mehr haben, ihre Eltern freizulassen. Sie saß in der Falle.

Ein Gefolgsmann von Destry hatte ihr ein Kleid gebracht. Es war elfenbeinfarben und betonte jede Kurve, war aber immer noch respektabel – für die Fotos natürlich. Er würde sie aber nicht zwingen können zu lächeln. Zur Hölle mit ihm.

Sie zog sich langsam an und kämmte absichtlich nicht ihre Haare, aber Destry hatte natürlich auch daran gedacht und eine Armee von Visagisten und Friseuren engagiert, und als sie mit vorgehaltener Waffe in die wartende Limousine geführt wurde, sah sie überhaupt nicht wie sie selbst aus. *Gott, lass es vorbei sein.*

IM RATHAUS kämpften Dutzende von Journalisten um den ersten Blick auf Destrys Braut. Ohne zu lächeln stieg Noosh aus der Limousine und wurde von einem Blitzlichtgewitter begrüßt. Zitternd wanderten ihre Finger instinktiv an ihren nackten Hals. Nicht einmal ihre Libelle war da, um sie davon abzuhalten, verrückt zu werden. Destry hatte seine Hand um ihren Oberarm gelegt, als er den Reportern sein strahlendstes falsches Lächeln schenkte, ihre Fragen beantwortete und mit ihnen lachte.

„Hey, Leute, ich würde gerne bleiben und weiterreden, aber ich muss reingehen und diese kleine Schönheit zu Mrs. Papps machen."

Sein Lächeln verschwand, sobald sie drinnen waren, und Noosh bemerkte, dass sein Sicherheitsteam die Flure geräumt hatte. Destry marschierte mit ihr zum Gerichtssaal. Noosh blieb stehen, als er die Tür öffnete und sie in Panik ausbrach.

„Ich kann das nicht tun." Sie sah Destry mit flehenden Augen an. „Bitte ... zwinge mich nicht dazu, das zu tun."

Destry grinste und zog sie in den Raum. Die Gerichtsdienerin sah erschrocken aus.

„Ist alles in Ordnung?"

Destry lächelte sie an. „Oh, wir scherzen nur miteinander. Nicht wahr, Liebling?"

Er sah Noosh an und alles, was sie in seinen Augen sehen konnte, war Mordlust. Sie nickte stumm.

Die Gerichtsdienerin wirkte unsicher. „Nun, okay. Der Richter wird in Kürze bei Ihnen sein."

Einen Moment lang waren sie allein und Destry packte Nooshs Gesicht. „Vergiss nicht, dass du es nur meinem guten Willen zu verdanken hast, dass du noch am Leben bist. Dass ich bereit bin, dir vier weitere Jahre zu schenken. Also mach mit. Spiele deine Rolle. Oder Mom und Dad müssen die Konsequenzen tragen."

Er ließ sie los, als sich die Türen des Gerichtssaals öffneten und der Richter zusammen mit zwei von Destrys Security-Männern hereinkam. Ihre Trauzeugen. Noosh kannte nicht einmal ihre Namen.

Der Richter begann. Destry hatte ihn anscheinend dafür bezahlt, schnell zu machen. Als sie zu dem Teil kamen, wo er fragte, ob jemand Einspruch gegen die Eheschließung erhob, spürte Noosh den verzweifelten Drang „Ja! Ja! Ich!" zu schreien, aber Destry stand zu nahe bei ihr und starrte auf sie herab. Er strahlte Anspannung aus und sie wagte nicht, zu sprechen. Also blieb sie stumm und schloss die Augen.

„Ich erhebe Einspruch."

Eine Sekunde lang dachte Noosh, sie hätte seine Stimme aus ihren Träumen heraufbeschworen. Sie wollte ihre Augen für den Fall, dass es nicht real war, nicht öffnen, aber etwas ließ sie doch nachschauen.

Christo.

Er ging auf das Paar zu und seine Augen verließen dabei nie Nooshs Gesicht. „Einspruch, Euer Ehren."

„Auf welcher Grundlage, Mr. Montecito?"

Der Richter kannte Christo? Noosh war verwirrt. Christo lächelte sie an und ihr Herz schlug schneller. Er war wirklich da. „Auf der Grundlage, Euer Ehren, dass die Braut *mich* liebt. Auf der Grundlage, dass ich sie mehr liebe als mein eigenes Leben." Er hielt inne und sah Destry an. „Und auf der Grundlage, dass dieser Mann sie unter Androhung des Todes zwingt, ihn zu heiraten. In den letzten Jahren hat er die Braut misshandelt, gekidnappt, gestalkt, vergewaltigt und wegen seiner Obsession mit ihr angeschossen. Er wird sie töten."

Destry, der bei Christos Erscheinen fassungslos geschwiegen

hatte, explodierte jetzt. „Schaffen Sie ihn hier raus. Euer Ehren, er ist ein Wahnsinniger und der Sohn eines Kriminellen."

Hinter Christo öffnete sich die Tür und zahlreiche Polizisten marschierten in den Raum. Bei ihnen war ein bleicher Gerry. Destrys Gesicht war blutleer. „Was zum Teufel soll das?"

Christo räusperte sich. „Euer Ehren, in zwei Minuten wird es eine Pressekonferenz geben, die Sie sich ansehen sollten. Die Polizei wird uns dafür in Ihre Richterstube begleiten. Ich verspreche Ihnen, dass ich keine niederen Absichten habe. Ich bitte Sie nur, mit uns zu kommen."

„Euer Ehren! Schicken Sie diese Männer um Himmels willen weg!"

Aber der Richter musterte Christo und nickte dann. „Ich gestatte Ihnen Ihren Wunsch, Mr. Montecito, aber ich muss Sie warnen. Sollte dies nur ein Trick sein, um diese Hochzeit zu verhindern, werde ich Sie rechtlich belangen müssen."

„Natürlich, Euer Ehren. Sollen wir anfangen?"

DESTRY HATTE KEINE ANDERE WAHL, als allen in die Richterstube zu folgen. Er umfasste Nooshs Ellbogen schmerzhaft fest. „Denk nicht einmal daran, zu diesem Verbrecher zurückzugehen", murmelte er ihr zu. „Du wirst tot sein, sobald er dich berührt."

Aber Noosh konnte ihre Augen nicht von Christo abwenden. *Ich liebe dich*, dachte sie. Er nickte und ein kleines Lächeln umspielte seine Lippen, als hätte er sie gehört. Noosh konnte nicht anders, als zum ersten Mal seit Wochen Hoffnung zu schöpfen.

Er ist wegen mir gekommen ...

Aber ihre Eltern waren immer noch in Destrys Gewalt und sie konnte nichts riskieren, bis sie wusste, was Christos Plan war.

Der Richter schaltete den Flachbildschirm in seinem Büro ein. Er sah zu Noosh. „Ms. Taylor, möchten Sie sich setzen?"

Sie lächelte ihn an. „Nein danke, Euer Ehren."

Er nickte und zwinkerte ihr zu, als Destry nicht hinsah. *Er ist auf meiner Seite*, dachte sie ungläubig. *Es gibt auch gute Menschen auf dieser Welt ... Das hatte ich ganz vergessen.*

Sie spürte, wie sich jemand hinter ihr bewegte, und wusste, dass es Christo war. Sie griff diskret nach ihm und spürte, wie er ihre Finger drückte. Es verlieh ihr Stärke.

Der Fernsehbildschirm zeigte ein Podium vor zahllosen Fotografen. Schockiert sah jeder im Raum, wie Telly Wyatt gesund und munter vor die Kameras trat. Noosh sah zu Gerry, der Telly mit unverhohlener Bewunderung und Erleichterung betrachtete.

Destry war still. Seine Augen verengten sich, als er zusah, wie seine Ex-Frau anfing zu sprechen. Tellys Stimme war klar und sie wirkte überhaupt nicht nervös.

„Im Gegensatz zu den jüngsten Berichten bin ich offensichtlich immer noch am Leben. Ich entschuldige mich bei allen, denen ich wehgetan habe, indem ich meinen Selbstmord vorgetäuscht habe, aber wie Sie sehen werden, war diese List notwendig, um mich vor meinem Ex-Mann zu schützen. Ihr Präsidentschaftskandidat, der New Yorker Senator Destry Tollhunt Papps, ist ein Monster, meine Damen und Herren. Er ist ein Schläger und ein Stalker und schreckt nicht einmal vor kaltblütigem Mord zurück, um zu bekommen, was er will. Während unserer Ehe hat er mich oft geschlagen und vergewaltigt. Ich konnte schließlich fliehen, als er eine Besessenheit für eine junge Engländerin namens Anoushka Taylor, seine jetzige Verlobte, entwickelte. Sie kennen sie vielleicht als Sarah Marsh. Das ist der Tarnname, den Noosh gewählt hat, um sich vor Destry zu verstecken, aber es hat nicht funktioniert. Er hat sie gejagt und vor acht Monaten hat er sie angeschossen und fast umgebracht."

Telly hielt inne und stieß den Atem aus. „Ich kann Skepsis

auf einigen Ihrer Gesichter sehen – bin ich nur eine verbitterte Ex-Frau? Sicher könnten Sie das denken und ich würde Ihnen keine Vorwürfe deswegen machen. Also würde ich Ms. Taylor bitten, selbst ihre Geschichte zu erzählen. Aber ... sie kann es nicht. Zurzeit ist sie im Rathaus und muss gegen ihren Willen Destry heiraten. Destrys Gehilfen haben ihre Eltern entführt. Sie haben einen Freund und Kollegen von ihr umgebracht. Noosh, wenn du das sehen kannst, schwöre ich dir, dass es nicht ungestraft bleiben wird."

„Destry, wenn du das siehst ... die Zeit ist abgelaufen, und das nicht einen Moment zu früh." Telly stieg vom Podium und ignorierte die Flut von Fragen der Journalisten.

Ein Mann, der sich als Leiter des New Yorker FBI-Büros vorstellte, nahm Tellys Platz ein. „Ich kann bestätigen, dass ein Haftbefehl gegen Senator Destry Papps ausgestellt wurde basierend auf Dokumenten, die uns Gervais Noll, Papps Assistent, übergeben hat. In diesen Dokumenten haben wir Beweise gefunden für die Bestechung von Regierungsbeamten, Stalking, Vergewaltigung sowie mehrere Mordversuche an Ms. Anoushka Taylor alias Sarah Marsh."

Alle im Zimmer waren einen Moment lang wie erstarrt, dann richtete sich Destry auf. „Das ist eine unverschämte Lüge!"

„Destry Papps, ich verhafte Sie wegen Entführung, Körperverletzung, Vergewaltigung und versuchten Mordes an Anoushka Taylor." Eine entschlossen aussehende Polizistin trat vor. „Wir haben die Waffe gefunden, Mr. Papps. Oder vielmehr ... wir wurden zu ihr geführt."

Destry warf Gerry einen Blick zu, der ihn mit unverhohlenem Hass anstarrte. „Du Bastard", zischte Destry, „du mieser kleiner Verräter."

Christo, der sah, dass Destry im Begriff war durchzudrehen, streckte seine Hand nach Noosh aus. Sie griff danach – aber Destry war schneller. Er riss sie wieder an sich, zog eine weitere

Waffe aus seinem Hosenbund und drückte sie gegen ihren Hals. Seine Augen verließen Christo nicht. „Ich werde sie töten, Montecito."

„Meine Eltern ..." Noosh ignorierte die Pistole an ihrem Hals und sah verzweifelt Christo an. Sie kümmerte sich jetzt nicht um ihr eigenes Leben.

„Sie sind in Sicherheit." Christo kam näher zu ihnen. Seine Augen waren auf die Waffe gerichtet. „Die Männer meines Vaters haben sie gefunden und befreit. Papps, es ist vorbei, geben Sie auf."

Destry lachte. „Es ist erst dann vorbei, wenn ich es sage, Idiot. Glaubst du wirklich, dass jemand mir zu nahe kommt, solange ich sie habe?" Er warf einen Blick auf die Polizisten. „Ich schwöre, ich werde sie töten, wenn Sie nicht den Weg freimachen."

Christo stürzte sich auf die Waffe, aber Destry war wieder zu schnell. Er schoss auf Christo und Noosh schrie auf. „Nein!" Sie kämpfte, um von ihm wegzukommen und zu dem verletzten Christo zu gelangen, der blutend auf dem Boden lag. Aber Destry zerrte Noosh aus dem Raum und schoss sich mit Hilfe seines Security-Teams einen Fluchtweg frei, während die Polizisten ihn verfolgten.

Noosh wehrte sich immer noch, als Destry in ihr Ohr zischte: „Er ist tot, Schlampe. Tot. Keine Sorge, bald folgst du ihm." Als sie aufschrie, schlug Destry ihr mit der Pistole fest auf den Kopf und alles um sie herum versank in Dunkelheit.

KAPITEL 26

Chaos. Der Richter und Gerry wollten Christo helfen, der versuchte, auf die Beine zu kommen, um Noosh zu folgen. „Hey, langsam."

Der Richter hielt Christo fest. „Vorsicht, das ist eine schlimme Wunde."

„Ich muss zu ihr", sagte Christo und kämpfte gegen die Hände, die versuchten, den Blutfluss einzudämmen. Die Kugel hatte sein Schlüsselbein durchschlagen und es blutete wie verrückt, aber alles, woran Christo denken konnte, war Noosh. Destry hatte jetzt nichts mehr außer seiner Mordlust für sie. Wenn sie nicht rechtzeitig zu ihr gelangten ...

Christos Adrenalin stieg und er schaffte es, sich vom Boden hochzustemmen. Gerry stützte ihn mit bleichem Gesicht. Christo drehte sich zu ihm um. „Sie kennen ihn besser als jeder andere. Wo wird er sie hinbringen?

Gerry schlang einen Arm um Christos Schulter. „Ich werde es Ihnen unter einer Bedingung sagen – ich komme mit. In der Sekunde, in der wir Noosh zurückbekommen, gehen Sie ins Krankenhaus."

„Nicht ohne mich." Bertie war plötzlich neben ihnen und

Christo fühlte Erleichterung, als ihm Telly und Fogliano folgten. Fogliano warf einen Blick auf seinen Sohn und drehte sich zu seinen Männern um. „Findet den Senator und tötet ihn. Bringt meine zukünftige Schwiegertochter heil zurück."

„Nein", keuchte Christo. „Ich muss das tun. Dad, bitte ..."

Fogliano seufzte, da er wusste, dass Christo nicht nachgeben würde. „Euer Ehren, haben Sie hier jemanden, der mit meinem Sohn mitkommen kann, um ihn am Leben zu halten, während er nach Noosh sucht?"

GERRYS HINWEIS FOLGEND, verließen fünf Minuten später mehrere Autos New York City in verschiedene Richtungen. Christo, dessen Arm und Schulter verbunden waren, wurde von Gerry nach Westchester gefahren. „Er hat einen kleinen Rückzugsort, von dem er denkt, dass niemand davon weiß. Die Details sind tief in den Dokumenten vergraben, die ich dem FBI übergeben habe ... Wenn er irgendwo hingeht, dann dorthin, aber es ist eine gute Idee, Leute zu all seinen Verstecken zu schicken."

Gerry sah zu Christo hinüber. „Alles okay?"

Christo nickte. „Warum bin ich nicht dazwischen gegangen? Gott verdammt, ich dachte, wir hätten gewonnen. Ich dachte..."

„Hey, es gibt noch Hoffnung. Noosh weiß, dass Sie sie lieben – ich sah es in ihren Augen, sie hatte wieder Hoffnung. Sie hat ihn einmal überlebt – sie wird wie verrückt kämpfen, um zu Ihnen zurückzukommen, ich weiß es einfach."

Christo sah ihn dankbar an. „Gerry, ich begreife immer noch nicht, warum Sie so lange bei ihm geblieben sind."

„Würden Sie mir glauben, wenn ich Ihnen sagte, dass er am Anfang ein guter Mann war?"

„Nein."

Gerry lachte. „Nun, das war er aber. Er hatte Visionen, Intelligenz und Mitgefühl. Ironisch, wenn man bedenkt, was aus ihm geworden ist. Es gab keinen Hinweis darauf, keinen. Ich habe mich immer wieder gefragt, was ihn so verändert hat, aber ich weiß es einfach nicht. Verdammt, ich habe es nicht kommen sehen. Ich war wie einer dieser Frösche in heißem Wasser."

„Hm?"

„Wenn man einen Frosch in kochendes Wasser wirft, springt er sofort wieder heraus, richtig? Aber wenn man einen Frosch in kaltes Wasser setzt und es allmählich erhitzt ... dann weiß er nicht, dass er zu Tode gekocht wird."

„Ich verstehe." Christo seufzte. „Verdammt, ich verurteile Sie nicht. Wie könnte ich das auch als Sohn von Fogliano Montecito? Ich wusste, womit mein Vater seinen Lebensunterhalt verdient. Ich wusste fast alles, woran seine Organisation beteiligt war. Habe ich technisch gesehen irgendetwas Illegales getan? Nein, aber ich war ein Komplize."

„Das fasst es ganz gut zusammen." Gerry seufzte ebenfalls. „Als mir klar wurde, was Destry ist ... war ich schon in Telly verliebt. Ich musste bleiben, um für ihre Sicherheit zu sorgen – zumindest hatte ich einen gewissen Einfluss." Er sah Christo schuldbewusst an. „Ich hätte Noosh besser beschützen sollen. Es tut mir leid."

„Hey, Sie haben mir ihre Halskette gegeben und alles riskiert, als Sie zum FBI gegangen sind. Sind die Agenten hart zu ihnen?"

Gerry lachte. „Das kann man so sagen. Zumindest am Anfang, aber als ich ihnen Informationen über Destry gegeben habe, wurden sie sehr schnell freundlicher. Ich habe ihnen alles gesagt. Der Mann verdient es, im Gefängnis zu sein, Christo."

„Hey, das müssen Sie mir nicht sagen."

Sie fuhren eine Weile schweigend weiter, bevor Christos Handy zu vibrieren begann. Es war Bertie. „Ihr seid ungefähr zehn Minuten hinter ihnen."

Christo setzte sich auf. „Woher weißt du das?"

„Das FBI hat sie auf der Straße aufgespürt, auf der ihr unterwegs seid – wir sind auf dem Weg, aber ihr seid ihnen am Nächsten. Das FBI schickt jetzt Hubschrauber."

„Danke, Bert." Christo übermittelte Gerry die Nachricht und der Mann gab Gas.

„Lassen Sie uns Ihr Mädchen zurückholen."

Noosh kam wieder zu Bewusstsein, als Destry über die County Line nach Westchester fuhr. Er hatte das Radio eingeschaltet und Noosh hörte die Sprecher von der Verfolgungsjagd reden. Sie seufzte. In gewisser Weise war sie froh darüber – auf die eine oder andere Weise würde es heute Abend enden. Sie könnte sterben und würde es wahrscheinlich auch tun, aber Destry ebenso. Wenn er verhaftet wurde ... würde sie sich jemals sicher fühlen? Würde Christo jemals in Sicherheit sein?

„Worüber lächelst du, Schlampe?" Destry hatte jetzt damit aufgehört, so zu tun, als hätte er Manieren, und war zu dem Tier zurückgekehrt, das er war. Er sah verzweifelt und wahnsinnig aus.

„Darüber, dass du gefickt bist, Destry. Endlich bekommst du, was du verdienst."

Er schwitzte stark, und seine Augen wanderten zum Rückspiegel. Über ihnen war ein Hubschrauber zu hören. „Scheiße!"

Er lenkt das Auto von der Straße in ein Waldgebiet. Noosh wurde auf ihrem Sitz herumgeworfen – nur die Tatsache, dass ihre Arme hinter dem Sitz gefesselt waren, verhinderte, dass sie durch die Windschutzscheibe geschleudert wurde, vor allem als sie einen Baum rammten.

Destry tobte. „Sie werden mich vielleicht erwischen, aber sie werden mir diesen Moment nicht nehmen, Anoushka." Er beugte sich vor, kramte im Handschuhfach herum und zog ein tödlich aussehendes Messer hervor. Dann grinste er, als ihre Augen sich weiteten. „Ja, Anoushka. Sie können mich verhaften und mich ins Gefängnis werfen ... aber du wirst trotzdem tot sein."

Es war vorbei. Noosh holte tief Luft, als er das Messer hob. Plötzlich wurde sein Gesicht, das von Blutlust verzerrt war, von Autoscheinwerfern beleuchtet, die hinter ihnen aufblitzten. Noosh keuchte, als sie hörte, wie Christo nach ihr rief.

„Christo!" Sie verstummte, als Destry das Messer in ihren Bauch stieß. *Gott, nein ... bitte ... nicht jetzt ... nicht so kurz vor dem Ziel....*

Destry stach immer wieder gnadenlos auf sie ein und Noosh spürte, wie sie starb. „Bitte hör auf", sagte sie schwach. „Ich bin schon tot."

Es hatte nur Sekunden gedauert, sie aufzuschlitzen, aber Destrys wahnsinniges Grinsen verschwand aus seinem Gesicht, als Christo ihn mit aller Kraft, die er noch übrighatte, von Noosh wegriss. Nooshs Tür öffnete sich und Gerry war da. Er befreite ihre Hände und untersuchte ihre Wunden.

Dann trug er sie zu seinem Auto. Noosh, die kaum bei Bewusstsein war, stöhnte. „Nein ... Christo ..."

„Er kümmert sich um Destry. Wir müssen dich in ein Krankenhaus bringen. Das FBI ist direkt hinter uns."

Noosh öffnete ihre Augen und sah sich panisch nach ihrem Liebhaber um. Sie sah, wie er kämpfte und stark blutend mit Destrys Messer attackiert wurde. Mit nur einem unverletzten Arm konnte Christo trotz all seiner Wut und Trauer nicht mithalten. Destry trat Christo gegen den Kopf, so dass er zurückprallte, und griff dann nach seiner Pistole.

Nooshs Augen weiteten sich, als sich Destry ihnen zuwandte und den Abzug betätigte. Gerry stolperte und blutete aus dem Loch in seiner Brust, und Noosh schrie auf. Gerrys Augen füllten sich mit Schmerz. „Sag ihr, dass ich sie liebe", brachte er heraus, bevor er auf den Waldboden stürzte und dabei Noosh fallen ließ.

Schmerz erfüllte ihren Körper, und sie stöhnte und umklammerte ihren zerfetzten Bauch. Destry stolperte zu ihr und richtete die Waffe auf ihren Kopf. „Es ist vorbei, Anoushka."

Noosh schloss die Augen, aber dann hörte sie einen Schrei, als Christo sich auf Destry warf und ihn zwang, die Waffe fallen zu lassen. Als Christo Destry von ihr wegriss, sammelte Noosh ihre letzten Kräfte und griff nach der Pistole. Sie stolperte auf die Füße und presste ihre freie Hand auf die Stichwunden in ihrem Bauch, als sie zu den kämpfenden Männern stolperte. Christo wurde schwächer, sie konnte es sehen. Ihre Entschlossenheit wuchs.

Als sie unmittelbar hinter Destry war, zielte sie mit der Waffe auf ihn. „Destry, sieh mich an, du Hurensohn."

Destry wirbelte herum und Noosh schoss ihm ohne zu zögern zwischen die Augen. Er starrte sie einen Moment ungläubig an, bevor er hinfiel. Noosh, die von dem Blutverlust geschwächt war, schenkte ihm ein humorloses Lächeln. „Ich bin froh, dass du es gesehen hast, Dreckskerl."

Destry sank auf den Boden und starrte sie ausdruckslos an. Noosh bückte sich, drückte die Waffe an seinen Schädel und feuerte den Rest der Munition in seinen Kopf. Sie merkte nicht, dass sie schluchzte, bis sie Christos Arme um sich spürte und er sie von ihrem toten Peiniger wegzog.

Christo legte mit schmerzverzerrtem Gesicht seine Lippen an ihre Stirn. „Halte durch, Baby, bitte. Ich kann dich jetzt nicht verlieren."

Noosh blickte zu ihm auf. Ihre Augen waren nicht mehr voller Angst und Schmerz, sondern sanft vor Liebe. „Du bist gekommen. Nach all den schrecklichen Dingen, die er mich zu sagen gezwungen hat ..."

„Denke jetzt nicht daran."

Sie hörte, wie Autos näherkamen – Hilfe war auf dem Weg –, und wusste, dass sie versuchen musste, stark zu bleiben. „Wir werden unser Happy End bekommen, Christo."

Er lächelte sie durch seine Tränen an. „Ja, Baby. Ja, das werden wir."

KAPITEL 27

"noushka Taylor, würdest du bitte aufhören, in solche Situationen zu geraten? Ich habe dich gerade erst repariert."

Beth grinste Noosh an, als sie aus dem OP gebracht wurde, benommen von der Narkose, aber immer noch in der Lage, ihre Freundin anzulächeln. Beth überprüfte ihre Vitalfunktionen und strich ihr mit der Hand über die Stirn. „Du hattest verdammt großes Glück. Das Messer hat deine lebenswichtigen Organe und deine Arterien verfehlt. Das Narbengewebe deiner Schusswunden hat die Klinge abgelenkt."

„Christo ... wie geht es ihm? Ist er okay?"

Beth lächelte. „Es geht ihm gut, Noosh, abgesehen davon, dass er sich Sorgen um dich macht. Seine Operation ist gut verlaufen und er ist wieder in seinem Zimmer." Sie kicherte. „Verdammt, Mädchen, du hast guten Geschmack."

„Sind meine Eltern hier?"

Beths Lächeln verblasste. „Ja. Sie haben sich höllische Sorgen um dich gemacht. Deine Chefin ist auch gekommen."

„Ich habe keine Chefin mehr", sagte Noosh schwach, aber Beth lächelte.

„Das scheint sie anders zu sehen. Wie auch immer, ruhe dich jetzt aus. Du wirst bald alle wiedersehen."

Noosh schloss die Augen. Die Reste der Narkose strömten durch ihre Adern und sie sank dankbar in die Dunkelheit.

Sie spürte seine Lippen auf ihren und öffnete die Augen. Es war Nacht und im Krankenhaus war es ruhig, aber Noosh sah sein Gesicht im weichen Licht und dachte, dass er wie ein Engel aussah.

„Hey, meine Schöne."

„Hey, mein Held." Sie streckte die Hand aus und streichelte sein Gesicht. „Wie fühlst du dich?"

„Sollte ich dich das nicht fragen?"

„Mir geht es gut. Ist deine Schulter gebrochen?"

„Mein Schlüsselbein ist gebrochen, aber abgesehen davon ist alles okay."

Sie kicherte über sein schelmisches Lächeln. „Warum bist du so fröhlich?"

Christo zog seinen Stuhl näher heran, damit er seinen Kopf neben ihr auf das Kissen legen konnte. „Weil wir es trotz aller Widrigkeiten geschafft haben."

Noosh lächelte. „Haben wir das?" Ihr Lächeln verblasste. „Gerry?"

Christo schüttelte den Kopf. „Telly ist am Boden zerstört."

„Oh Gott, es tut mir so leid. Wenn er mir nicht geholfen hätte …" Ihre Stimme zitterte und ihre Augen füllten sich mit Tränen. „Der arme Gerry. Arme Telly."

Christo strich ihr mit der Hand über die Stirn. „Ich werde ihm für immer dankbar sein. Apropos …"

Er griff in die Tasche seines Morgenmantels und holte ihre Halskette hervor. Noosh lächelte und reckte den Kopf, damit er sie ihr anlegen konnte. Sie berührte die Libelle. „Hast du gesehen ..."

„Wie du mir Signale gegeben hast? Zuerst nicht, aber als ich es tat ... Gott, Noosh, in diesem Moment wusste ich, dass du mich liebst. Ich wusste, dass du meine Hilfe brauchst."

„Unser Safeword hat funktioniert." Noosh presste ihre Lippen auf seine. „Hey", sagte sie mit hoffnungsvollen Augen, „was denkst du, wann sie uns hier rauslassen?"

Christo lachte. „Baby. Du musst dich erholen, bevor wir überhaupt an sexy Aktivitäten denken können. Überstürze es nicht, wir haben den Rest unseres Lebens, um Spaß im Bett zu haben. Du wirst mich heiraten, oder?"

„Christofalo Montecito, ist das etwa deine Vorstellung von einem Heiratsantrag?" Noosh brachte ihn mit ihrer gespielten Empörung zum Lachen und als sie selbst kichern musste, zuckte sie zusammen, weil ihre Bauchmuskeln protestierten.

„Ja und nein. Glaub mir, wenn wir beide hier raus und wieder gesund sind, werde ich dir in unserer Villa in Italia einen richtigen Antrag machen. Und während mein Schwanz tief in dir vergraben ist, werde ich dich noch einmal fragen."

Noosh stöhnte, „Verdammt, du machst mich so heiß."

Christo grinste und schob seine Hand unter die Decke. Noosh seufzte, als seine Finger ihre Klitoris fanden. „Lass mich dir helfen", murmelte er mit seinen Lippen an ihren und streichelte sie zu einem sanften Orgasmus.

Endorphine durchfluteten sie und Noosh sah mit glänzenden Augen zu ihm auf. „Ich liebe dich über alles."

„Ich liebe dich auch, mein süßer Schatz. Ruhe dich jetzt aus, Baby, bald werden wir in Italien sein ... sehr bald."

KAPITEL 28

So hatte er es sich vor all den Monaten vorgestellt, als sie weggewesen war. Christo lehnte an der Tür ihrer Villa und beobachtete Noosh, wie sie am Rand der Klippe stand und auf das Meer hinausschaute. Die mediterrane Sonne hatte ihre bereits karamellfarbene Haut tiefer gebräunt und ihre langen, dichten, glänzenden Haare hingen wie ein Vorhang bis zu ihrer Taille hinab.

Es war anderthalb Jahre her, dass Destry Papps gestorben war, und seitdem hatte sich Christo noch mehr in Noosh verliebt. Ihre Tapferkeit, ihre Entschlossenheit, ihr riesiges Herz ... Sie war wieder zur Arbeit in die Radiostation zurückgekehrt und hatte ihre wahre Geschichte erzählt, da sie ahnte, dass die Leute sie wissen wollten. Zu Christos Belustigung hatte sie seinen Vater interviewt und die beiden waren Freunde geworden. Sie lachten zusammen, wann immer die Familie versammelt war.

Christo und sein Vater waren einander näher gekommen, als Christo je vermutet hätte, und das hatte er allein Noosh zu verdanken. Fogliano war zu einem ehrlichen Geschäftsmann geworden, hatte mit seiner kriminellen Vergangenheit abgeschlossen und sich wohltätigen Zwecken zugewandt.

Christo ging zu ihr und schlang die Arme um ihre Taille. Noosh lehnte sich zurück und drehte ihren Kopf für einen Kuss. „Hey, schöner Mann. Unser letzter Tag."

„Hm." Er knabberte an ihrem Ohrläppchen. „Der letzte Tag vor unserer Hochzeit. Der letzte Tag, an dem wir darauf warten müssen, uns endlich Mr. und Mrs. nennen zu können."

Noosh kicherte. „Mr. und Mrs. Montecito. Klingt gut."

Christo presste seine Lippen auf ihre Schläfe. „Weißt du, ich könnte auch deinen Nachnamen annehmen."

Noosh lächelte. „Du bist süß, aber ich werde stolz darauf sein, eine Montecito zu sein."

Christo war unglaublich gerührt und lächelte. „Ich hätte nie gedacht, dass ich jemanden das sagen hören würde."

Noosh drehte sich in seinen Armen und blickte zu ihm auf. „Es gibt so viel, worauf du stolz sein kannst, Christo, besonders in den letzten zwei Jahren. Ich hoffe ... ich hoffe sehr, dass du das weißt."

„Wenn es eine Möglichkeit gäbe, dir zu sagen, wie sehr ich dich liebe, Noosh, würde ich es tun, aber es gibt keine Worte dafür." Er küsste sie zärtlich und grinste dann. „Hey, Kleine, willst du mich heiraten?"

Sie lachte. „Wie wäre es morgen?"

„Einverstanden."

Christo grinste breit und hob sie hoch. „Wusstest du, dass es in diesem Teil Italiens Tradition ist, dass Braut und Bräutigam sich am Tag vor ihrer Hochzeit von morgens bis abends lieben?"

Noosh kicherte und ihre Arme legten sich um seinen Hals. „Hast du dir das ausgedacht?"

„Oh ja, aber heute wird es trotzdem wahr werden." Christo grinste sie an.

. . .

IN IHREM SCHLAFZIMMER wehte eine warme Brise durch die weißen Vorhänge, die sich an den Fenstern aufbauschten. Draußen hörten sie das Rauschen der Wellen gegen die Felsen am Ufer. Sie küssten einander sanft, als Christo ihr Kleid aufknöpfte und seine Hände hineinsteckte, um ihre Brüste zu umfassen und ihren Bauch zu streicheln, während Noosh sein Hemd beiseiteschob. Sie ließen sich Zeit und zogen sich langsam aus, bis sie nackt aufs Bett fielen.

Christo bedeckte ihren Körper mit seinem und legte ihre Beine um seine Taille, so dass sein riesiger Schwanz gegen ihr Geschlecht stieß. „Es tut mir leid, Baby, ich kann nicht warten."

Noosh grinste, als er in sie glitt, und seufzte glücklich. „Entschuldige dich nie dafür, Baby. Gott, das fühlt sich so gut an. Tiefer, Baby, tiefer."

Sie reckte ihm ihre Hüften entgegen und ließ seinen Schwanz tiefer in sich eintauchen. Christos Augen verließen nie ihr Gesicht, als sie sich zusammen bewegten. „Ich habe noch nie einen schöneren Anblick gesehen als dein Gesicht, während wir uns lieben", murmelte er, strich mit seinen Lippen über ihre Wange und stieß härter zu.

Noosh vergrub ihre Finger in seinem Haar und drückte ihre Lippen gegen seine. Sein Schwanz wurde noch härter in ihr, während sie fickten und ihren animalischen Instinkt wild und ungehemmt auslebten.

Sie spürte, wie er kam und seinen cremigen Samen in sie schoss. Noosh fühlte, wie ihr ganzer Körper vor Ekstase vibrierte. Es war dieses unglaubliche Gefühl, irgendwo zwischen Leben und Tod zu sein, völlig verloren in dem Mann, den sie liebte. „*Ti amo, ti amo*", flüsterte sie in seiner Muttersprache und Christo lächelte sie an.

„*Bella* Anoushka, meine Liebe, mein Herz."

. . .

NOOSH ERWACHTE am Morgen ihrer Hochzeit und fühlte sich völlig anders als vor ihrer ersten Trauung. Sie fühlte sich lebendig, vital und voller Vorfreude. Für sie und ihren geliebten Christo würde es keine übereilte Rathaustrauung geben. Sie drehte sich auf die Seite und sah, wie er schlief – sie hatten keine Lust auf den alten Brauch gehabt, sich an ihrem Hochzeitstag nicht zu sehen. Er war jetzt fast vierzig – in ein paar Wochen würde er seinen Geburtstag feiern – aber er sah nicht älter aus als Ende zwanzig. Sie umfasste sein Gesicht mit ihrer Hand, strich mit dem Daumen über seine Wange und bewunderte seine Schönheit. Sein gutes Herz machte ihn nur noch attraktiver. Der Mann, der sie vor all diesen Monaten in dem Club in New York genommen und weggeschickt hatte, war kaum wiederzuerkennen.

„Wir haben so viel durchgemacht, Baby", flüsterte sie, um ihn nicht zu wecken, aber er öffnete seine leuchtend grünen Augen und lächelte sie an.

„Ich kann es kaum erwarten, den Rest unseres gemeinsamen Lebens zu beginnen, Noosh. Guten Morgen, Liebling." Er beugte sich vor und küsste sie. Sein Schwanz war schon hart und sie grinste, als sie ihn auf den Rücken schob und sich rittlings auf ihn setzte.

„Frohen Hochzeitstag, mein schöner Mann", sagte sie und führte ihn in sich ein.

Sie liebten sich zärtlich, bis beide bedauernd auf die Uhr schauten. Ihre Hochzeitsplaner würden in weniger als einer Stunde hier sein.

CHRISTO WARTETE, bis Nooshs Mutter Preeti ihre Tochter mitgenommen hatte, um sie für die Hochzeit fertig zu machen, bevor er zu Bertie ging. Bertie lehnte an der Außenmauer und beobachtete, wie Nooshs Vater Bernard und Fogliano bei einer

Flasche teurem Scotch miteinander lachten. Bertie nickte in ihre Richtung, als Christo sich zu ihm gesellte.

„Ich hoffe, dass Noosh weiß, dass sie ihren Vater stützen muss, wenn er den Gang zum Altar entlangtorkelt. Die beiden sind definitiv nicht mehr nüchtern."

Christo grinste. Nooshs Vater war ein ruhiger und konservativer Mann, aber er hatte sich zur allgemeinen Überraschung sofort mit Fogliano verstanden. Ihre Freundschaft hatte den Schmerz gelindert, nicht selbst für die Hochzeit seiner Tochter bezahlen zu können – etwas, um das sich Christo und Noosh Sorgen gemacht hatten. Fogliano hatte Bernard nach ihrer Verlobungsfeier beiseitegenommen.

„Mein lieber Bernard, ich muss dich etwas fragen, von Vater zu Vater. Noosh sagt mir, dass du immer gut für sie gesorgt hast, egal wie angespannt die Lage war. Ich sehe es in ihrer Persönlichkeit, ihrer Wärme, ihrer Liebe. Das alles hat sie dir und Preeti zu verdanken. Ich wünschte, ich hätte meinem Sohn ein solcher Vater sein können, besonders nach dem Tod meiner Frau. Aber ich war es nicht und ich werde den Rest meines Lebens damit verbringen, es wiedergutzumachen. Deshalb bitte ich dich jetzt um einen Gefallen. Bitte lass mich die Hochzeit bezahlen, Bernard. Es wäre mir ein Vergnügen und würde mir die Welt bedeuten."

Bernard Taylor wusste, was hinter Foglianos Angebot steckte, aber er war dankbar, dass Fogliano sich bemühte, es so aussehen zu lassen, als ob Bernard ihm damit einen Gefallen tun würde.

Jetzt nahm Christo Bertie beiseite. „Was ist mit dem Landhaus?"

Bertie grinste. „Die neuen Gebäude werden fertig sein, wenn du und Noosh aus Indien zurückkehrt. Die Baufirmen, die wir ausgewählt haben, sind hervorragend. Überlass mir den Rest, Kumpel."

„Danke, Mann." Christo lächelte erleichtert. „Sie wird es lieben."

Bertie lachte laut. „Du und Noosh werdet es beide lieben. Lass uns dich jetzt fertig machen."

PREETI HALF ihrer Tochter in einen wunderschönen weißen Sari, eine Anspielung auf Preetis kulturelles Erbe, auf die Noosh bestanden hatte. „Ich weiß, du hättest gerne, dass ich eine traditionelle indische Hochzeit feiere, Mum, aber ich denke, das ist ein guter Kompromiss, nicht wahr?"

Preeti küsste die Wange ihrer Tochter. Noosh war fast die jüngere Ausgabe ihrer Mutter – die gleiche warme Schönheit, seelenvolle braune Augen und karamellfarbene Haut. „Liebling, nach den letzten paar Jahren, die du gehabt hast – die wir gehabt haben –, wäre es mir egal, wenn du in einem Müllsack heiraten würdest."

Noosh lachte und betrachtete sich im Spiegel. Der Sari, der mit Goldperlen verziert war, passte perfekt zu ihrem Körper und ließ ihre Haut erstrahlen. „Das wäre wirklich eine ungewöhnliche Hochzeit", sagte sie grinsend und Preeti lachte.

„Nun, deine Großmutter ist schon in der Küche bei den Caterern – Gott steh ihnen bei, wenn die Currygerichte misslingen."

Noosh kicherte und umarmte ihre Mutter. Preeti war bemerkenswert widerstandsfähig, selbst angesichts von Entführung und Folter. Noosh hatte ihr anvertraut, dass sie Destry getötet hatte und wie seltsam und bedrückend es sich angefühlt hatte, das Leben eines anderen Menschen zu beenden. Obwohl sie nicht bereute, das Monster getötet zu haben, wollte sie nicht, dass ihre Mutter sie als Mörderin betrachtete.

Preeti hatte ihre Tochter in ihren Armen gehalten und mit leidenschaftlicher Stimme geflüstert: „Nichts könnte jemals meine Gefühle für dich ändern, mein Schatz. Du hast getan, was du tun musstest. Du hast uns alle gerettet, mein Liebling."

Noosh erinnerte sich daran, als Preeti ihre Haare im Nacken zu einem lockeren Knoten zusammensteckte und die Hochzeitsjuwelen darin befestigte. „Ich liebe dich, Mum."

Preeti sah aus, als wäre sie den Tränen nahe. „Ich liebe dich auch, Anoushka. Ich war noch nie so stolz auf dich wie heute."

Noosh blinzelte die Tränen zurück. „Ich werde noch deine großartige Make-up-Kreation ruinieren." Sie grinste ihre Mutter mit feuchten Augen an.

Preeti berührte ihre Wange. „Du hast nie viel Make-up gebraucht. Deine Schönheit kommt von innen."

Eine Träne entkam doch. „Das habe ich von meiner Mutter und meinem Vater", sagte Noosh leise.

Der Moment wurde von der Alarmfunktion ihres Handys ruiniert, die sie beide zusammenzucken und dann lachen ließ. Noosh sah Preeti an und seufzte leise. „Es ist Zeit."

„Ja, es ist Zeit."

KAPITEL 29

In Christos Welt drehte sich alles um die schöne Frau, die ihm und dem Altar entgegenschritt. Es war, als ob jeder Moment ihrer Beziehung an seinen Augen vorbeizog – ihre erste Begegnung im Club, ihre Trennung, ihr Wiedersehen im Radiosender und der Schock überwältigender Freude, den er beim Anblick ihres Gesichts verspürt hatte. Die Vorfreude darauf, sie zu lieben, als sie sich von ihren Schussverletzungen erholte, und das Wunder ihrer Liebe. Das Entsetzen über die Messerattacke auf sie und das Gefühl, sie zu verlieren, als er sie in seinen Armen hielt.

Sie hatten es geschafft. Und jetzt, in ein paar Minuten, würden sie für immer zusammen sein.

Bernard legte Nooshs Hand in Christos, und Christo warf seinem künftigen Schwiegervater ein dankbares Lächeln zu, bevor er seine Aufmerksamkeit auf die Frau vor ihm richtete. Noosh lächelte ihn an, und ihr Gesicht strahlte vor Freude und Liebe.

„Gott, du bist so schön", flüsterte er und drückte seine Lippen auf ihre. Eine Welle leisen Gelächters rollte durch die versammelten Hochzeitsgäste und Noosh kicherte.

„Ich denke, wir sollten mit diesem Teil noch etwas warten", sagte sie flüsternd und Christo lachte.

Sie wandten sich dem Priester zu und bald wurden die Gelübde gesprochen und die Ringe ausgetauscht. Nun waren sie verheiratet.

„Jetzt dürfen Sie sich küssen", sagte der Priester lachend und sie brauchten keine weitere Ermutigung, als ihre Freunde und ihre Familien in Jubel und Applaus ausbrachen.

„WIR SIND VERHEIRATET." Noosh klang ungläubig, als sie sich in den Privatjet setzten, der sie zu ihren Flitterwochen nach Indien bringen würde. Sie grinste zu ihrem Mann hinüber. „Das klingt so erwachsen."

„Schrecklich erwachsen", bestätigte er und neckte sie. Noosh streckte ihm die Zunge heraus und kicherte. Christo beugte sich vor, um sie zu küssen. „Meine kleine Ehefrau."

„Mein großer Ehemann. Hör zu, wie lange müssen wir angeschnallt bleiben?"

„Nur bis wir abheben. Warum?" Aber er grinste – er wusste genau, warum.

„Ich hatte geplant, heute für einen Quickie mit dir zu verschwinden, aber es sollte nicht sein."

Christo lachte. „Wir hatten es fast geschafft ... bis deine Mutter uns fand."

„Der Ausdruck auf ihrem Gesicht war unbezahlbar – und ein wenig bewundernd." Noosh kicherte bei der Erinnerung an ihre Mutter, die Christo mit seiner Hose um seine Knöchel erwischt hatte. „Ich glaube nicht, dass sie uns die Erklärung abgekauft hat, dass du nur deine Unterwäsche zurechtgezogen hast."

„Guter Gott, ich werde ihr nie wieder in die Augen sehen können."

„Sie hat nur deinen perfekten Hintern gesehen – und sie ist auch nur eine Frau. Ich schwöre, sie hat mich mit neuem Respekt angesehen." Noosh genoss sein Unbehagen.

„Allein dafür werde ich Dinge mit dir tun, denen sie definitiv nicht zustimmen würde."

Noosh wand sich ungeduldig, als das Flugzeug über die Landebahn rollte. „Nun, das will ich hoffen. Was hattest du im Sinn?"

„Oh nein." Er schüttelte den Kopf. „Ich werde es dir nicht verraten, sondern zeigen, Mrs. Montecito." Er ließ seine Fingerspitzen über ihren Innenschenkel streichen, bis sie stöhnte und wollte, dass er ihr Geschlecht berührte, aber er grinste nur. „Hab Geduld."

Als das Flugzeug abhob, schauten sie sich an, und in dem Moment, als das Sicherheitslicht ausging, löste Christo seinen Gurt. „Bleib, wo du bist", sagte er mit leiser Stimme, als er auf die Knie ging, ihre Beine spreizte und sich zwischen ihnen niederließ. Er zog am Gürtel ihres rubinroten Kleides.

„Ich erinnere mich an dieses Kleid. Du hast es getragen, als ich dich das erste Mal gesehen habe. Gott, als ich dich sah, so unschuldig und verletzlich in diesem schäbigen Club, wollte ich dich so sehr."

Noosh lächelte auf ihn herab und ihre Augen waren voller Verlangen. „Ich hätte nie gedacht, dass ich so etwas tun würde, aber die Traurigkeit in deinen Augen ... ganz zu schweigen von deinem hinreißenden Gesicht ...", sie lächelte. „Ich hätte dir keinen Moment widerstehen können. Ich empfinde immer noch so ... nur ist jetzt der Schmerz verschwunden."

„Für uns beide." Er schob den Stoff zur Seite und entblößte ihre Unterwäsche und ihre weiche Haut. Er presste seine Lippen auf ihre Narben – ihre Kriegsverletzungen, wie sie sie nannte – und sah dann zu ihr auf. „Du bist wundervoll, Anoushka Montecito. Mein Leben begann, als ich dich traf."

„Meins auch", sagte sie. Christo küsste ihren Bauch und ihre Brüste, dann eroberte er ihre Lippen mit seinen.

„Noosh, jeder Zentimeter deines Körpers ist himmlisch und zum Ficken gemacht."

Noosh errötete, lächelte aber über das Kompliment. „Dann fick mich, mein geliebter Ehemann."

Christo lächelte verwegen. „Alles zu seiner Zeit ... jetzt möchte ich dich kosten." Mit einer schnellen Bewegung riss er ihr das Höschen vom Leib. Sie schnappte nach Luft und hob ihr Gesäß an. Er lächelte ein letztes Mal, bevor er sein Gesicht an ihrem Geschlecht vergrub.

Noosh keuchte, als seine Zunge gnadenlos ihre Klitoris reizte und er zwei Finger in ihr nasses Zentrum gleiten ließ. Er brachte sie zu einem fast unerträglichen Höhepunkt und ließ sie zitternd und keuchend zurück. Dann nahm er sie in seine Arme und trug sie in das Schlafzimmer im hinteren Teil des Flugzeugs.

Noosh riss an seinen Kleidern, öffnete sein Hemd und nahm seine Brustwarze in ihren Mund. Sie knabberte daran und streichelte sie mit ihrer Zunge, bis sie spürte, wie sie hart wurde. Dann fuhr sie mit ihren Lippen über seinen flachen Bauch und nahm seinen bereits anschwellenden Schwanz zwischen ihre Lippen. Sie saugte daran und trank seinen Samen, während er unter ihr zuckte.

Christo warf sie grob auf ihren Rücken und fixierte ihre Hände über ihrem Kopf. Nooshs Atem beschleunigte sich, als sie das gefährliche Verlangen in seinen Augen sah. Er drückte ihre Knie an ihre Brust und rammte seinen Schwanz in ihr geschwollenes Zentrum. Ihre Augen trafen sich, als sie fickten. Sie waren nicht zwei Wesen, sondern eines, vereint in ihrer Liebe.

Sie liebten sich, bis sie erschöpft waren, und schliefen dann eng umschlungen ein. Als sie erwachten, hatte das Flugzeug den indischen Subkontinent erreicht. Sie landeten und sobald sie durch den Zoll gegangen waren, grinste Noosh Christo an. „Jetzt", sagte sie, „ist es Zeit, dir mein kulturelles Erbe vorzustellen."

Die Flitterwochen waren voller Liebe, Gelächter und Entdeckungen, genauso wie sie es geplant hatten, aber was Christo niemals vergessen würde, war ihr Ausflug nach Agra, um den Taj Mahal zu besuchen. Christo war nicht auf die majestätische Schönheit des Grabmals vorbereitet gewesen und wusste, dass Noosh ihn und seine Reaktion beobachtete. Er sah auf sie hinab. „Dafür gibt es keine Worte."

Noosh lächelte. „Ich weiß."

„Warst du schon einmal hier?"

Sie nickte. „Als ich ein Kind war. Ich habe es damals nicht verstanden. Ich meine, es ist wunderschön, und ich kannte die Geschichte von Shah Jahan und seiner Liebe zu Mumtaz Mahal ... aber ich konnte mir eine solche Liebe nicht vorstellen." Sie nahm seine Hand. „Jetzt kann ich es."

Christo war zu gerührt, um zu sprechen, also führte Noosh ihn durch das Mausoleum und erzählte ihm die Liebesgeschichte des Schahs und seiner Frau. „Heute ist Vollmond. Nächtliche Besichtigungen sind erlaubt ... willst du hierbleiben?"

Christo schlang seine Arme um sie, während sie den Mond am Nachthimmel betrachteten, der dem Taj Mahal ein unwirkliches Leuchten verlieh. Noosh kuschelte sich in seine Umarmung. „Bist du glücklich?"

„Unglaublich glücklich."

„Gut. Christo?"

Er lächelte auf sie herab. „Ja, Baby?"

Noosh lächelte ihn mit leuchtenden Augen an. „Du wirst Vater."

Christo blinzelte, dann lachte er verblüfft. „Was?"

Noosh kicherte. „Ich habe es vor drei Tagen erfahren, kurz vor der Hochzeit, und ich wollte es dir gleich erzählen, aber dann fiel mir ein, dass wir hierherkommen würden. Ich dachte, es wäre der perfekte Ort, um dir zu sagen, dass wir ein Baby bekommen."

Christo war einen Moment sprachlos, dann jubelte er laut und umarmte sie fest. Sie lachten zusammen und er entschuldigte sich bei einigen anderen Touristen, die er erschreckt hatte. „Tut mir leid ... wir bekommen ein Baby!"

Seine Freude übertrug sich auf die Umstehenden, die ihnen gratulierten, bevor sie sich weiter unterhalten konnten.

„Ich kann es nicht glauben. Der Arzt sagte ..."

„Der Arzt sagte, es wäre schwierig für mich, schwanger zu werden, aber nicht unmöglich." Ihr Lächeln verblasste ein wenig. „Papps konnte uns das doch nicht nehmen."

Christo fuhr mit der Hand durch ihr Haar. „Ich weiß, dass du in letzter Zeit an ihn gedacht hast. Ich meine, ich konnte sehen, dass die Erinnerungen dich nicht loslassen. Er ist tot, Noosh, er kann uns nie wieder verletzen. Niemals wieder."

Endlich glaubte sie ihm.

KAPITEL 30

„Mumtaz Montecito."

„Nein. *Auf keinen Fall.*" Noosh kicherte, als sie vom Flughafen zum Landhaus zurückfuhren. Sie streichelte seine Wange, während er den Wagen lenkte. Die indische Sonne hatte seiner Haut einen tiefen Goldton verliehen, der seine leuchtend grünen Augen und sein schwarzes Haar noch begehrenswerter wirken ließ. Er grinste sie an.

„Vorsicht. Das letzte Mal, als du mich so angeschaut hast, habe ich dich geschwängert."

Noosh lachte. Ihre Flitterwochen in Indien waren perfekt gewesen und nun kehrten sie nach Hause zurück, um gemeinsam ihr Leben zu beginnen und die Geburt ihres ersten Kindes zu erwarten. Sie hatten grob ausgerechnet, dass Noosh nicht weiter als im zweiten Monat sein konnte.

„Das gibt uns sieben Monate, um das Landhaus kindersicher zu machen. Deine Werkstatt sollte zum Beispiel ein Schloss haben. Kannst du dir vorstellen, dass ein Baby da drin ist und herumkrabbelt?" Sie erschauerte.

„Wenn es ein Junge ist, werde ich ihm das Schnitzen beibringen."

„Dinosaurier. Was, wenn unsere Tochter Schreinerin werden möchte?"

„Ihr natürlich auch", sagte Christo hastig. „Tut mir leid, das war unüberlegt."

„Dir sei vergeben ... diesmal. Und außerdem wird unsere Tochter zu sehr damit beschäftigt sein, Krebs zu heilen und Oscars zu gewinnen, um Holz zu schnitzen."

„Das ist eine vielseitige Karriere, die du für sie gewählt hast."

Sie scherzten weiter, bis Christo in die lange Auffahrt zu ihrem Landhaus einbog. Als sie näher heranfuhren, rief Noosh überrascht: „Was in aller Welt ist das?"

Es gab zwei neue Gebäude auf dem Gelände – eines neben Christos Werkstatt und eines neben ihrem Schlafzimmer. Noosh sah Christo fragend an. Er grinste.

„Mein Hochzeitsgeschenk für dich. Lass uns aussteigen. Ich führe dich herum."

DAS BACKSTEINGEBÄUDE neben Christos Werkstatt entpuppte sich als Aufnahmestudio – klein, aber mit modernster Technik. Noosh traute ihren Augen nicht. Christo grinste sie an. „Ich weiß, dass du Dokumentationen für den Sender und für dich selbst machen willst. Ich dachte, das würde dabei helfen."

Noosh legte ihre Hand an ihren Mund und war so geschockt, dass sie einen Moment lang nicht sprechen konnte. „Mein Gott, Christo ... das ist ... unglaublich. Danke."

Sie warf sich in seine Arme und die Müdigkeit der Reise war vergessen, als sie ihn leidenschaftlich küsste.

„Gefällt es dir?"

„Gott, ja ... können wir jetzt miteinander spielen?"

Christo lachte. „Natürlich ... gleich. Lass mich dir noch das andere Zimmer zeigen ... Ich denke, es wird dir noch mehr gefallen."

Noosh warf ihm einen fragenden Blick zu und lächelte dann. „Geh voraus."

Das Zimmer war tatsächlich direkt neben ihrem Schlafzimmer und als Christo die Tür öffnete, sah Noosh, warum das so war, und fing an zu lachen. „Oh, du unartiger, ungezogener Kerl ..."

Im Zimmer gab es ein Bett, das von schneeweißen Moskitonetzen umhüllt war, aber sie waren das einzig Unschuldige im Raum. An den Wänden hingen Stöcke, Handschellen, Reitgerten und Peitschen. Es gab ein Regal mit Dildos, Vibratoren, Knebeln, Ledergürteln und Riemen. Und auf dem Nachttisch neben dem Bett befanden sich Gleitgel, Massageöl und Federn. Noosh ging durch den Raum und berührte alles. Ein langsames Lächeln breitete sich auf ihrem Gesicht aus.

Christo wartete auf ihre Reaktion. Noosh ging zu ihm und stellte sich vor ihn. Langsam knöpfte sie ihr Kleid auf und ließ es zu Boden fallen. Darunter war sie nackt. Sie hatte sich nicht die Mühe gemacht, Unterwäsche für den Flug im Jet anzuziehen – sie hatten sich auf der Rückreise über Indien, Europa und dem Atlantischen Ozean geliebt.

„Gefällt es dir?", fragte Christo, als er seine Arme um ihre Taille schlang. Noosh nickte, während sie ihm fest in die Augen sah.

„Oh, es gefällt mir sehr. Versprich mir eins ... auch wenn wir verantwortungsbewusste Eltern geworden sind, werden wir uns immer Zeit dafür nehmen."

Christo grinste sie an. „Ich dachte, wir hätten gesagt, dass wir einander keine Versprechen machen."

Noosh presste ihre Lippen gegen seine. „Das war ein anderes Leben, Baby, und eine andere Zeit." Und sie begannen sich zu lieben, wohlwissend, dass dies nur der Anfang ihrer wunderschönen Geschichte war.

. . .

Ende

© Copyright 2020 Michelle L. Verlag - Alle Rechte vorbehalten.
Das Werk, einschließlich aller seiner Teile, ist urheberrechtlich geschützt. Jede Verwertung ist ohne Zustimmung des Verlages und des Autors unzulässig. Dies gilt insbesondere für die elektronische oder sonstige Vervielfältigung. Alle Rechte vorbehalten.
Der Autor behält alle Rechte, die nicht an den Verlag übertragen wurden.

❀ Erstellt mit Vellum